A Life in Nature
Or How to Catch a Mole

如何捉鼹鼠

［英］马克·哈默 著

王知夏 译

Marc Hamer

GUANGXI NORMAL UNIVERSITY PRESS
广西师范大学出版社
·桂林·

惊奇 wonder BOOKS

| 如何捉鼹鼠 | 出版统筹　周昀 | 责任编辑　郑伟 |
| RUHE ZHUO YANSHU | 特约编辑　黄建树 | 封面设计　郑元柏 |

Copyright © Marc Hamer 2019
This edition is published by arrangement with
Rachel Mills Literary Ltd.
著作权合同登记号桂图登字：20-2024-169 号

图书在版编目 (CIP) 数据

如何捉鼹鼠 / （英）马克·哈默著；王知夏译 .
桂林：广西师范大学出版社，2025.1.-- ISBN 978-7
-5598-7643-0

Ⅰ . I561.65

中国国家版本馆 CIP 数据核字第 2024V6H868 号

出版发行　广西师范大学出版社
　　　　　地址：广西桂林市五里店路 9 号
　　　　　邮编：541004
　　　　　网址：www.bbtpress.com

出版人　　黄轩庄
经销　　　全国新华书店
发行热线　010-64284815
印刷　　　山东临沂新华印刷物流集团有限责任公司
　　　　　地址：山东临沂高新技术产业开发区工业北路东段
　　　　　邮编：276017
开本　　　787mm×1092mm　1/32
印张　　　7
字数　　　106 千字
版次　　　2025 年 1 月第 1 版
印次　　　2025 年 1 月第 1 次印刷
定价　　　52.00 元

如发现印装质量问题，影响阅读，请与出版社发行部门联系调换。

献给凯特（佩姬）

我的一切都归功于她

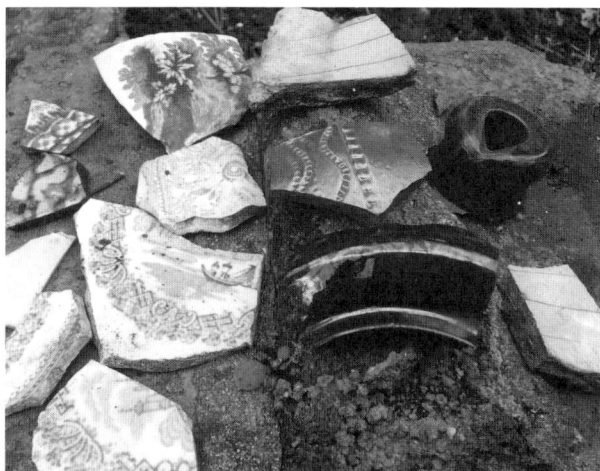

目 录

有一个人常出没于森林，

他把颂歌吊在山楂树上，挽歌挂于荆棘丛中。

　　　　　　　　　——《皆大欢喜》，第三幕，第二场

我爱佩姬如天使坠入凡间

我爱她绝美容颜宛若天仙

爱她优雅天成无半分雕琢

可我尤其敬慕佩姬的心魄。

　　　　　　　　　　　　　——罗比·彭斯

星期天我要去捉鼹鼠

把他们光滑柔软的尸体挂在

荆棘的刺上

让农夫们看看我的劳动成果

让锃亮的乌鸦饱口福。

序 幕

    我是一名园丁。多年来我一直奔走于各个花园和农场捕鼹鼠，我已经决定以后洗手不干了。捕鼹鼠这门技艺历史悠久，让我过上了体面的生活，可我现在年纪大了，厌倦了追踪、设陷阱和杀生，而且在这一行我要学的已经全都学到手了。

    为了保住饭碗，捕鼹人一向对自己的绝学守口如瓶。我不愿眼睁睁看着这一传统行当消失，所以在这本书里，我会跟你们讲讲鼹鼠的习性以及如何捉到鼹鼠，以便你们自己动手一试，另外再稍微谈谈除此之外你们还可以做些什么。围绕捕鼹鼠的历史传统，我会讲述鼹鼠自身的故事，并回忆我的捕鼹人生涯：那是怎样一种生活，在那之前的漫漫长路，它对我产生的影响，以及我最终为什么决定罢手。

对于退出这一行，我的心情是矛盾的。我打从心底热爱上天赐予我的生活。这样的生活激发了我对大自然的热爱，我爱它的实用之美，也爱它野蛮残暴的能量——甚至连它的衰败我也欣赏。这是一种充满冥思的生活，影响了我对更广阔世界的看法以及我在其中的生存之道。它亦改变了我与我自己、与我的过往、与我的家庭的关系。所以本书中也散落着我的人生片段，还有将我引向捕鼹人之路的一些经历。

无论什么样的故事，似乎每经过一次讲述就会变一个模样，我自己的人生也是如此。我在十六岁那年离开家，踏上流浪之路。我徒步行走了差不多十八个月，流落野外与鸟兽为伍，在树篱下、林地里、河岸上露宿。我也会尽量如实还原这段往事，但并非所有事实都一清二楚。有很多片段我都记不起来了。有时候，鼹鼠的故事和我的故事似乎紧紧纠缠在一起，无法分开。它们相互呼应，彼此映照。然而这两条朦胧的叙事线之间的共舞已然成为一种生活方式，在我看来简单又美好，满足了我此生所有的向往。

我一面追寻真相，把玩真相，一面思索着真相，以及何为真相。回忆几乎从不按时间顺序登场。记忆在黑暗中徘徊，我越是努力回想往事，往事就越容易从我眼皮底下溜走，转到另一个方向。一旦我停止走马观花，开始认真审视一个故事，故事就会在我的注视下发生相应的变形，重构自身，然后再次变样，就像看万花筒：每次看到的彩色碎片都是同一组，组成的式样却有微妙的差异，细节变化无穷，但图像本身始终真实存在。

我不费力气就能回想起来的事全都是生活中的高潮和低谷，那些片段之所以被铭记于心，只是因为它们具有某种情感冲击力，要不然就是与眼前所见或脑中所想的事物存在某种关联。它们就像一串珍珠：失去光泽的珍珠，平日被锁在抽屉里，极少得见天日。等我把它们从抽屉里抽出来一看，发现有些珠子遗失了，而人生常常就像一条细绳，起初看不见珍珠，然后一扯就扯出来一团，缠在一起，次序全乱。其中不存在任何确凿无疑的事实，不过，我会试着去解开这团乱麻。

一般情况下，我不会去咬文嚼字，对于语言我仅止于观看和欣赏。而在其他时候，文字会像昆虫一样悄无声息地爬进脑海。有些文字开始筑巢，搭建起一个主题——这边拾一根树枝，那边采一个花苞——于是我放任它们不管。我喜欢记录生活点滴，像树叶一样飘然而过的微小点滴，抽象，零散，如果我不从虚空中抓住它们，它们就会一去不复返；我日常所见，并且能完整保存于脑海中的点点滴滴。一如个体的记忆，或是我在鼹鼠丘[1]里发现的陶瓷碎片。这里散布着许许多多这样的碎片，有的锋利，有的平整，大都是我带着一袋捕鼠夹在田野里漫步时写下的，它们与那些简简单单却又常常不可思议的捕鼹鼠知识并行，时而贯穿其中，时而穿插其间。

完整讲述鼹鼠的一生同样是不可能的事。鼹鼠藏身于黑暗，他的故事由诸多神话，以及少量口口相传且说法各异的观察结果拼凑而成。他们一如我们，是神秘莫测的生物，我们永远只能瞥见他们真实世界的一角。

于我而言，事物的表象远比实质来得重要。事物的实质是不可知的。我不喜欢冰冷无情的事实构筑的监牢。事实不会让你获得自由，而是会把你困死在现实无可更改的固定视角中。唯一的真相就存在于这里，在这里，在它被推翻重建前的倒数三秒钟里。我宁愿遗忘。遗忘是自由，也是宽恕，但它尤其是让自己投身于当下的一种

1　鼹鼠丘（molehill）是鼹鼠在地下打洞时扒出的泥土在地面上形成的土堆。——译者注（本书脚注若无特别说明，均为译者注。）

过程。

讲述这个故事时，我可以扮演坏蛋或英雄，还可以扮演无辜的旁观者或潜伏于敌营的破坏分子，无论是哪种，我讲述的都是"真相"的一种形式。如果真相有无数种形式，那它的价值何在？真相有别于真诚，我可以给你们讲成百上千万个真诚的故事，接下来我将讲述其中一个也许足以称得上"真实"的故事。这个故事最终导致我在十二月跪倒在一片泥泞的田地中间，手里捧着一只死去的鼹鼠，决心从此停止杀戮。

如何抓鼹鼠，捕鼹人的生活。写于该抓鼹鼠却没有去抓鼹鼠的时节。关于这本书，我只能向你们保证一件事，那就是读到最后，你们将会增长许多关于鼹鼠的知识。

破 晓

当我坐在自家厨房的餐桌前写作时，有一只瓢虫在我腿上爬动。我无意间从工作场所带回了许多野外生物。甲虫和蜘蛛，偶尔藏在我衣领下的蚱蜢，还有钻进我工装裤的褶皱或掉进我靴子里的蚂蚁。

我腿上的瓢虫正在努力展开她的翅膀。红色的鞘翅打开，露出苍蝇似的黑色翅膀——可是右边的翅膀断了，向后弯折，伸展不开了。她试了三四次，慢慢地把它收起来，再尝试把它打开。她想离开这儿。也许是我弄伤了她，我不知道。我们总是一不小心就伤害了那些脆弱安静的东西，在造成伤残时，自己甚至毫无察觉。

昨天我正在清扫落叶，一只知更鸟在我身后跳来跳去，啄食我扫开落叶后露出来的甲虫和蠕虫。我暴露了他们的踪迹，他们被吃了，知更鸟吃了他们。事物会损伤，伤口会结痂，伤疤会愈合，但愈合的疤痕不时会隐隐作痛。我们在这个地球上迈出的每一小步都会产生后果，每天晚上我回到家，都要从指甲里刮出出生、交配、死亡、腐烂留下的烂摊子，并尽可能把它们冲洗干净。

不去思考会更轻松一些。

我每天都会弄脏自己的手，浇灌种子，除去杂草。与混乱嬉戏，对它略作调整，为它增添一分刺激；栽培一座红色或白色的花园；我们有时欣然接受混乱，因为我们认为它美，有时破坏混乱，因为我们认定它脏。消灭鼹鼠及其造成的混乱表象是季节性的工作之一，每年都以意料之中的方式重来。

许多周期以各自的节奏交织在一起，锵锵前进：每周刈一次草坪；每年修剪一次玫瑰；每年疏剪三次紫藤；每年八月给月桂树篱整枝；在秋天等苹果向我传出它们已经成熟的讯息时摘下它们；待到霜冻之后修剪果树；结过两次霜之后挖出大丽花块根并储藏起来，等霜冻的危机解除后重新种下它们。在冬天制作堆肥，规划花圃，选择植物，购买种子。种植，除草，开垦土地，管理一年生植物、二年生植物、多年生植物，还有在冬季和早春时节设陷阱抓鼹鼠。

分至点将一年划分为四时，并成为人们共同欢庆的节日，对于所有自然相关的从业者来说，分至点是一年里的标志。它们是四季的起点。不同的节奏、长短周期相互交错，在不断变化的天气、日照时间和气温推动下向前运动。每一个分至点都是一个周期的结束，也是下一个周期的开始。每年秋天，我都会从同一棵枫树下耙出红叶，堆到同一个肥料堆上。只是不言而喻，今年的红叶不完全也不尽然是去年那堆红叶，树也不是同一棵树，肥料堆也不是同一个肥料堆。我在同一条地道里抓住的鼹鼠也不再是去年抓的鼹鼠。

无论在什么日子，这些重叠交错的周期都不可避免地将我带进自己的内心，面对那里出现的无论何种景象。除了思考，我无事可干。我妻子佩姬经常因为工作出门，我的孩子们都已长大成人，各自在外安家，过着各自的生活，而我有时常常一连两天、三天，甚至四天见不到一个人，都没有机会大声说人类的语言。我有一只猫。

今天早上我冷得像只蜘蛛。天色还很暗。也许我年纪太大了，已承受不了这样的晨气，但睡眠与我情缘已了。我已永远失去了她。她将我这样的老人拒之门外。网上说这是因为环境里的化学毒素让我的松果腺[1]钙化。就是这么回事，网上说。汞啊，钙啊，氟化物之类。还说我需要服用更多的化学物质来排毒。又给我开了姜黄做药方。

残缺不全的梦闯入了我半清醒的意识，我孤身一人迷失在隧道里，被什么追赶着，我躺在那儿，像只青蛙一样浑身冰冷。我的鼻孔堵塞了，呼吸困难（我对室内的某种东西过敏），我睁着眼，长时间注视着黑暗，黑暗在渐渐消散，仿佛从一整块漆黑裂成了碎片，灰色的微粒飘浮在空气中，怎么抓也抓不住，直到天光破晓，朝阳升起。我的肌肉发痛，浑身无力——昨天我干了一整天活，夜里喝了威士忌。我寻思要不要掀开被子。只有一刹那，稍纵即逝的一刹那，我把自己拽回了温暖的

---

1 松果腺（pineal gland），大脑中部的一个小腺体，主要负责分泌褪黑激素，调节生物钟和睡眠周期。

世界。我的眼球缓慢移动着，眼前从黑白过渡到彩色。我想我可以目睹它发生。日光降临之前，世界没有任何颜色。

灰色的空气里现出一抹粉红，我想起了咖啡，一想到咖啡我就从床上爬了起来。当咖啡咝咝冒着热气滴入壶中，我抱起了在一旁喵喵叫唤寻求关注的猫咪，我们俩相互取暖，与此同时我调着电台，有意避开令人难以忍受的新闻和欢快得咄咄逼人的音乐。我活过了许多猫的一生，我的生活没有一刻缺少过猫咪的陪伴，这样的生活始于三十多年前，我和佩姬在一起时。后来我们结为夫妇，并拥有了一只猫。眼下这只叫咪咪，是只大肥猫，摸起来肉乎乎的，我轻轻地抚摸着她，她在我的腿上扭来扭去。

我的咖啡快要喝完了，我感觉有点不舒服，可能我对咖啡也过敏了。英国广播公司第四电台副台正在播放一档喜剧，讲述了一个从来不识恐惧和饥饿为何物的家庭闹出的风波。

此时四周差不多全亮了。黑夜比白昼持续时间更长，天很冷，正值十二月。微风沙沙吹拂着发脆的树叶。我可以生上炉火，和佩姬还有猫一起待在屋子里，看着这一天流逝，可我还是像往常一样忍不住出了门。我生来就不爱待在家里，而且还有活儿要干：得去安捕鼠夹，还得检查安好的捕鼠夹。

凌晨四点

我在又黑又冷的房间里
从一个窒息的噩梦惊醒
依然无法呼吸

我与你距离遥远
感觉无家可归且无法着地
我的头搁浅于白色的枕头
仿佛一只海螺填满沙砾
呼吸犹如潮汐涌进涌出
咕噜着
在堵塞的腔室间费力穿行

溺水

再过两小时暖气片就会滴答作响
再过四小时太阳就会开始升起
再过五小时佩姬就会醒来

我眺望窗外稀疏的冬日树林

那里埋葬的事物将继续埋葬

直到土地被占满

房屋拔地而起

而我感觉自己正在溺毙

咔嚓一声而后砰的一响

暖气来了

黑暗中两个小时转眼过去

我一直看着群星

冰冷遥远却常在

我又睡着了吗？

我不知道

曙光闯入明净的星空如不速之客

悄悄爬过卢克伍德

而在光秃秃的树林间

零星几个结霜的屋檐下面

人们正在醒来

然后擦洗自家的汽车

秃鼻乌鸦栖息

等待着温暖的太阳

而我用尽全力呼吸

佩姬翻了个身

她的脑袋滚上我的肩头

温暖的重负

而擦洗声还在继续

一棵秃榉树上挤满了乌鸦

甲虫匆匆爬过

群鸦开始嘶叫

附近的河流

尚未结冰且依旧流个不停

而佩姬清晨带着浊气的呼吸

又沉又均匀

让我抛下锚

安稳停靠于被单和枕头

还有水流，我思索着水流

并挣扎着不沉进水里

光线闪烁着照进房间

佩姬睁开她的惺忪睡眼

而从打霜的草地另一边

追逐木鼠归来

我那冻僵的猫蜷起她冰冷的皮毛

贴着我的光脚

用镰刀割草地

捕鼹人制作广告传单，建网站。他们告诉你，机场跑道上的鼹鼠会给着陆的飞机造成极大隐患；鼹鼠挖的地道承受不了奔马的重量，会被踩塌，骑手会被甩出去。围场里的马则会被塌陷的鼹鼠地道绊倒，摔断一条腿，最后只能被射杀。区区几只鼹鼠就能让一大片耕地上堆满鼹鼠丘，而鼹鼠丘很快就会生满杂草，妨害农作物生长，导致减产，草地不再适合放牧，农场主将蒙受经济损失。鼹鼠会繁殖更多的鼹鼠，扩散到邻近的田地，毁掉更多的农作物和牧草。

过去，鼹鼠丘会损坏农业机械上用于收割谷物的割刀。鼹鼠丘的泥土混进谷子里，会让谷子变质，失去价值。如果这种土连同作物一起不小心被收割，加工成青贮饲料，会导致牛和牛奶感染李斯特菌，不适宜人类食用。出于这些原因，农场主们一直从其利润中抽出一部分用于雇用捕鼹人。数百年来，这一雇佣关系确实为他们创造了经济效益。但随着时代的发展，情况发生了变化，如今农场主得到的建议都是升级收割机，这样就能避免许多诸如此类的问题发生。现代机械就是为此目的而设计，并且成效斐然。

大部分园丁都对持续不断的恶劣天气抱着逆来顺受的态度，哪怕他们的花园一连好几个礼拜都泡在水里。像老鼠这种生物似乎人见人嫌，最后难逃被诱捕、被毒死或被射杀的下场；木鼠总是很受欢迎，刺猬则是备受喜爱。蜜蜂和黄蜂聚居在花园的棚屋里，将其变为禁地，可能会给人添堵，然而这些入侵者的行为似乎从不会像鼹鼠的进犯那样，被上升到私人恩怨的程度。

如我所见，鼹鼠造的乱子能把心智正常的人折磨得夜不能寐。我们不愿失去对自己财产的掌控：一旦失去掌控，我们就会感到不安，感到世事的无常、自身的无力。鼹鼠可以把私家草坪变成废墟，我曾见过有些户主在丧失了对自家花园的控制权和所有权之后那种发自内心的仇恨。我曾见过人们气急败坏，满口咒骂地在花园里打转。怨念越来越深重，一场没有尽头也无法取胜的战争将会主宰他们的生活。

鼹鼠很小，很可爱，他们就像自然界的其他生物一样，并不关心我们的感受。他们带来毁灭，而且永远不可战胜。也许我们的愤怒有一部分来源于我们总是一厢情愿地把他们想象成温和良善的动物，拥有个性化的人格，一如《柳林风声》里的鼹鼠，戴着一副大眼镜，文质彬彬，天真无邪，急于取悦他人。可在现实中，鼹鼠并不像我们期望的那样内敛、低调。他总是打我们的主意。可能我们越想越觉得他比我们聪明。也可能我们对自己拥有并向他人展示的身外之物有更深的羁绊和自豪感。将看似永恒的事物据为己有，这给了我们一种永恒感。我们因为自己拥有的外物而获得永生之感，鼹鼠却闯了进来，破坏了这一切，夺走我们的财产，挑战了我们内心深处埋藏的某种信念。

鼹鼠挖的地道规模远远超过了他的体型。当我把死鼹鼠放在客户面前时，有很多城里的园丁都惊讶于他们居然如此之小。在人们的想象中，作为心头大患的鼹鼠总会被放大成一头巨兽。不过一般而言，他们不想看到敌人的尸体，只想看到草坪，明亮的、闪闪发光的草坪，放眼望去只有一片整齐、平坦、条纹状的青草地，尽在掌控之中，安然无事，永远如此。

鼹鼠破坏了草坪虚假的宁静，有的人接受不了这样的事。园艺不是自然之道，而是利用自然和科学规律将我们的意志强加于一个场所，而对于一些人来说，这种控制欲走向了极端。我曾经有一个客户，他住在市区，有一座漂亮整洁的花园，他病态地在意花园里一棵美丽的玉兰树，容不得它的树枝有一丁点不对称——一边的树枝比另一边多。没有任何一种生物能达到完美的对称，而不完美正是美之所在。可此人数着树枝，这边锯几枝，那边锯几枝，努力让这棵树显得对称。他只盯着自己不想要的东西，却想象不出自己想要什么。我在那儿安捕鼠夹，这时他可怜的妻子回来了，看到他浑身锯末，手里攥着他的新电锯，站在一棵几乎可以称为树桩的残树旁边。那树桩微微向右倾斜。

我工作过的一个花园里有一大片开满鲜花的草地，每年我都会用镰刀把它割一遍。我用镰刀是因为它安静，没有污染，但最主要的原因还是在于它给了野外生物逃生的机会。割灌机和割草机对于野外的生物来说是毁灭性的：它们将所经之路上的一切生命屠杀殆尽。青蛙、蟾蜍和刺猬全被削成碎块，血肉模糊。我干过这种事，被溅了一身的血。这样无谓的杀戮让我内心深感不安，于是我研究了其他割草地的方法，发现有两条路可走：要么投资数千英镑购买另一台机器，要么学习如何使用、保养一把镰刀。我选择了镰刀。

草地上散布的鼹鼠丘里的碎石把我的镰刀刀刃刮出了豁口，而在割草的季节开始时，它总是像我浴室柜里的剃刀一样锋利，但我容忍豁口的存在。每挥几刀我就停下来，用一块光滑的磨刀石再打磨一下碳钢刀刃。到了割草季结束的时候，我就用扁头锤和铁砧把豁了口的刀刃边缘敲掉，让它形成一层新刃，新刀刃就像剃刀刀片一样，薄到近乎透明。

割草是个重体力活，经常需要停下来歇一歇，上了年纪之后尤其如此，所以我很乐于停下手里的活计，拿起磨刀石，往刀刃上一碰：石头与钢碰撞会发出悦耳的叮当声，然后"咝咿"一下，磨刀石沿着刀刃从底部滑向刀尖，再换到刀刃另一侧重复此动作，一般要如此来回三次。然后石头扑通一下落回挂在我腰带上盛了水的锡皮容器里，我开始继续割草，或是喘口气，看一会儿鸟。割草也会创造悦耳动听的声音，镰刀每挥一下都会带着长长的"嗖嗖"声。它的节奏很棒：从腰部摆出，放松地伸展手臂，从右挥到左，与此同时一步一步慢慢往前迈进，一刀下去便割掉八英尺[1]宽的一长排草，草茎从三英尺长的刀刃上落下，在我左手边整整齐齐地躺成一列。"嗖"，迈步，"嗖"，迈步，"嗖"。我甚至不用刻意为之，这节奏就与我的呼吸协调起来。当我的手收回来、向前迈出脚步时，吸气；当我的手甩出去、挥刀割草时，呼气。漫长而缓慢的过程。以前，我要在夏天花整整两天割完草地；现在我老了，得用三天以上的时间才能干完。到了明年，也许我就彻底干不动了。

在我的前方，常常能见到小动物们的身影，有的在奔跑，有的曳步而行，有的蹦蹦跳跳，向前面的深草丛逃去。没有恶狠狠的二冲程马达冒着青烟发出轰鸣，我可以听到刺猬发出的窸窣声，然后小心翼翼地把他们移开。有时候蟾蜍和青蛙跳着爬着出现在我前面，我便放慢速度，有时候突然窜出六七只田鼠，飞快地钻进他们的地洞。

整个过程是人工作业，所用工具简单、发黄、朴实

1　1英尺等于30.48厘米。——编者注

无华。我跟着这些工具一起老去：它们都是由木头、钢材和石头手工制作而成，它们也和我一起变老，并已磨合得顺手。我与工具有着这样一种关系：我感觉在这个世界上，我触摸过的一切事物都在反过来触摸我。

依照传统，持镰刀的收割者会留下田地中央最后一束谷物，让它立在那儿，以便庄稼之灵约翰·巴利康[1]藏身。然后，人们将这束谷物捆起来，用刀或镰刀割断，带进室内。我沿袭了这一传统，也会把一束正在干枯的野花带回家。

那片草地位于一个小湖边上，是一块半野生的区域，我们很高兴鼹鼠能生活在那里。他们是生态系统的组成部分，另外还有狐狸、田鼠和木鼠、刺猬以及数以百万计的飞行生物，包括蜻蜓、草蜻蛉、食蚜蝇、野鸡、猫头鹰、蝙蝠和鹰。鼹鼠的数量由鹰、猫头鹰和狐狸自然控制。这里每一种生物都属于食物链的一部分。

割草的工作每年要进行两次。仲春时节，青草长势正旺，我会割去一部分新草，以便生长较慢的野花存活

---

[1] 约翰·巴利康（John Barleycorn），英国传统民歌中的人物，在故事中他被杀死埋在地里，复活之后受到切割、碾压、粉碎等折磨，并被人们喝掉了血液。这个角色实际上是谷物的隐喻。

下来。到了夏末，当野花凋谢，种子脱落，花茎也开始干枯，我便割断它们，让它们一排排铺在地上，直至被太阳晒干，余下的种子全部掉落为止。本地的野花大多数更适宜在贫瘠的土壤中生长，如果我把它们的茎留在地里，它们腐烂之后就会变成养分，提高土壤的肥力，所以在温暖干燥的时节，我会用一把三英尺宽的巨大木制干草耙将它们耙到一边，然后送去做堆肥：这是翌日的工作。

九月的秋分过后，白日渐短，我的电话就会开始响起。人们发现鼹鼠丘破坏了他们完美无瑕的草坪，所以想让它们消失——它们让草地不再整洁。"草坪"（lawn）一词来源于古威尔士语里的单词"Llan"，意思是牧场或田地。我所在的威尔士兰达夫村（Llandaff）的名字意思是"塔夫河（Taff）边上的土地"。在盎格鲁人、撒克逊人和朱特人登陆不列颠之前，这种语言一直是岛上的母语。

在南威尔士的一座一望无际、连绵起伏的乡间花园里，我有生以来第一次抓到了鼹鼠。当时我是那儿的园丁，负责照管花园。而从那以后，我也开始去其他花园抓鼹鼠，因为在冬天，抓鼹鼠给我带来了一份收入，否则我就无钱可挣了。

我早年做园丁时，碰到的几个捕鼹人似乎都没什么同理心，落到他们手里的生命总是备受折磨，对此我耿耿于怀。如今回想起来，我自然无法与他们共情。我曾判定他们是凶残的人，可我如今也没什么分别，再也没有分别了：锤子塑造了手的形状，我也被我选择的生活塑造成型。

我明白总会有人来遏制鼹鼠。我想知道除了杀掉他们之外，还有没有别的办法。既然这件事无论如何都得叫人来做，我便开始琢磨自己能否胜任。就这样，我开始研究并学习对付鼹鼠最有效、最人道的方法。我喜欢学习新技能，尤其是让我与天然材料以及简易手工工具发生联系的简单技能。我从书本、网站和捕鼹人的广告传单上了解到了鼹鼠的生命周期和习性。我不止一次看到，阻止鼹鼠蔓延的所有方法中最受推荐也最为人道的一种就是用捕鼠夹捕杀他们，我也查遍了其他一切不必致他们于死地的办法，但过后他们总会卷土重来。为了摆脱鼹鼠，你必须开杀戒。

我遇到过一位从小就开始捉鼹鼠的老农夫，他向我传授了一些他所了解的知识。当时他靠在一面快要散架的四横杆木栅栏上，戴着他那顶破破烂烂的帽子，向我讲述了如何活捉一只鼹鼠：在鼹鼠丘移动的时候，光着脚匍匐前进，在鼹鼠停下来的时候停下来，然后瞅准时机，拿着铲子扑上去，一铲子把它甩到半空中。我从来没有这么做过，连试都没试过——我的动作太慢了。等我赶到鼹鼠丘跟前时，它的制造者通常已经结束自己的工作，到别处去了，而我的人生太短暂，不宜过得匆忙。

那位农夫说鼹鼠喜欢沿着篱笆的边界线挖筑永久性的地道，然后他大手一伸，指向一条这样的地道。他告诉我，这条地道从他小时候就有了，一代又一代鼹鼠曾在这里居住，生生不息，正如捉鼹鼠这门传统技艺在许多代捕鼹人手里世代相传，传承了数百年。农人们大多性子孤僻，喜欢先跟人隔着一段距离说一会儿话。乡下的地方很大，他们不习惯太靠近彼此，可一旦他们开始放松下来，就会变得健谈。我和他们的关系向来不错，因为据我了解，他们是真心实意、发自肺腑地热爱着与自己息息相关的土地。

我在山坡上走走停停，看着鼹鼠丘，陷入了思考，我想象着鼹鼠们的生活，不知他们在那下面都做些什么。我把手伸进鼹鼠丘里，想看看里面有什么。我尝试将地表上的这些小土堆连起来，想象它们形成了怎样的图案，以及这与地下正在进行的活动可能有怎样的联系。我好奇为什么它们会出现在河岸上，环绕着树木，为什么它们从不出现在运动场的中央，而是永远游离于边缘。

我想努力成为最优秀、最有人情味的捕鼹人，为此我购置了一大堆样式各异的捕鼠夹。我研究它们的构造，关注它们的速度和效率；我把它们布置好，用棍子触发它们，以做测试。其中一些很有技术含量，可以快速杀死一只鼹鼠，还有一些简单粗暴的捕鼠夹只能把鼹鼠紧紧夹住，直到它死掉，也许是死于失血过多、饥饿或寒冷。我试着想象如果獾、狐狸或家猫家狗把捕鼠夹挖出来会发生什么，然后确定了自己要用哪种类型的捕鼠夹。就这样我开始捕鼹鼠了。杀戮不能给我任何快感，所以我的方法必须讲求效率，不带感情，兼具速度与技巧。我必须努力屏蔽鼹鼠的个体特征，因为我相信一切生命都具有同等价值，万物一体，若是如此，那杀他们就等于杀死我自己。我不去看他们。渐渐地，我开始习惯在自己与他们的死亡之间划清界限。

我将自己学到的技术投入实践，至于这些道听途说的故事和理念是否真实可靠，我一直都没搞明白，反正在捕鼹鼠这件事上，我一次也没有失过手，这就够了。我成了捕鼹好手，消息传开了。很快我开始接到人们打来的电话，来电者全是从朋友的朋友那里得到我的电话号码，我开始在冬天一大早爬起来，去跟怒气冲冲的房屋主人们会面，找上我之前，他们都尝试过自己动手解决鼹鼠，结果只是把自己的草坪越搞越乱，还把自己家的鼹鼠训练成了反追捕高手。

我曾到过牧场、运动场、城市小花园捉鼹鼠，也曾在延绵起伏的巨大乡村庄园捕鼹鼠，土地无论被人类作何用途，都是鼹鼠的领地，捕捉他们的方式也总是如出一辙。

我抓鼹鼠是为了赚钱，也是为了在花园休养生息时有事可做。自然会有人出于种种私人原因被这样的工作吸引。当我在派对上对人们说起我的营生时，他们都哈哈大笑。倒不是说我经常参加派对。可以理解，对于城里人来说，捉鼹鼠类似杂耍剧院里的笑料，属于多姿多彩的昔日乡村生活，就像烟囱清洁工或《仲夏夜之梦》

里的一个喜剧包袱。

笑过之后，他们生出了好奇心，开始提出一大堆问题，主要是关于杀生的问题。当我告诉他们我已经吃素吃了五十年时，他们会露出迷惑不解的表情。这话听上去前后矛盾。生活几乎从不像我们期望的那样井然有序。我倒觉得这样挺好。理性不过是体验世界的许多种重要途径之中的一种。

在我小时候，别人会因为我是素食主义者而奚落我，说我脆弱、懦弱或神经质。我弟弟们常常挑出自己餐盘里的肉，一边在我眼前挥舞一边说："肉肉肉，很好吃的!"我管他们叫"食尸鬼"，我说我又不是僵尸，才不愿意吃尸块。我挨了一耳光，因为我倒了他们晚餐的胃口。没有一方妥协。我们都在按自己的想法行事，并在事后合理化自己的所作所为。

我老了，这辈子我做过很多事。我上过艺术学校，学习过绘画和雕塑，但最后放弃了，因为我不够优秀。我的手太大，太笨拙：它们生来就是为了握士兵的步枪、镐或铁锹，而不是为钢笔或画笔而存在。我的身体反应迟钝，做不了精细的动作；我的手脚也不协调，总是把事情弄得一团糟。我的字迹也很潦草，但我的素描本无论何时都写得满满当当。除了胡乱描绘的裸女以及生气勃勃的花鸟之外，还有关于如何锻造钢具的指南，火焰是由什么元素构成的手抄笔记，外加如何调出一种特定色度的蓝色以及我为什么喜欢这种蓝色的说明。虽然有诗有俳句，但在室外挥舞一把斧头或者爬山才是我最最快乐的时光。

我做园丁是为了养家糊口，也是为了过一种创造性的生活。早年无家可归的时候，我日日穿行于野生植物丛中，在野地里席地而卧，与花花草草亲密接触。醒来时，绿色的汁液沾满了我的脸颊。我身上散发着植物的气息。我摘下它们，放进嘴里咀嚼。我怎能将余生笼闭于一室，不去触碰活生生的花草树木，不去闻它们各自的香气调和成的变幻无穷的芬芳？我开始用鲜花替代颜料作画，栽培并打理花园。尽管收入微薄，但正经的园丁总有活儿可干，我下定决心，要努力学习一切相关知识。

我刚开始自学园艺时，天真地以为这是一份田园牧歌式的职业，培育生命，愉悦感官，主要与鲜花、草地、水果和树木打交道。没过多久我便发现害虫与害兽也是我工作的一部分。我不得不对付鼹鼠、鼻涕虫、蚜虫、黄蜂、老鼠、杂草和许多其他不过是在夹缝中求生的东西。对有些人来说，园艺工作的大部分内容就是消灭生命。于我而言，这一领域一直满是冲突：我最爱的场所是我无须执行杀戮任务的野外。杀生很难。可他们若不死，我就要亡：我得工作，我需要这份工作来养活自己和家人。不过杀死一只昆虫是一码事，杀死一只哺乳动物又是另一码事。开始动手之前，我并不知道我的底线在哪里，我究竟是一个怎样的人：我真的下得了手吗？当我真正动手时我会有什么感觉？

　　我的成长过程伴随着暴力，但并无杀戮。杀戮可以来得平静，充满善意，但这种情况非常罕见。暴力更是从来都跟平静善良扯不上关系。在乡下，暴力与杀戮随处可见。成为捕鼹人之前，我从不需要故意杀死任何东西。如果房间里有一只苍蝇，我会鼓励它飞出窗外。这一天终于来了，我有了一个实实在在的理由去剥夺生命，我得试试自己能不能办到。我试图把注意力放在杀死鼹鼠上，避免使用暴力，尽可能做得人道。

早晨七点我用她的白色大马克杯给她端来茶水

她在我们白色的床上睁开眼向我展露笑颜

冷冷的阳光沿着对角线洒满了半张床

我喝了粥，把厚厚的羊毛袜子拉到腿上

套上靴子然后离开家门

驾驶我的小货车向被晨曦染红的天际线出发

穿过乡间的窄路并奔向起伏的山丘

无坚不摧的行星一路向前

万物惊醒，而我被牵引着尽我职责

仿佛被一条铁链牵着穿过鼻子的圆环

我行驶在蜿蜒通过一座座小镇和村庄

串联起人们生活的 A 级公路上

干枯的黄铜色蕨

如泛红的连绵波浪

翻滚着流向被水汽饱和的

青黑色平坦浓云压弯脊梁的黑色群山

而在一个转角几缕斜射下来的阳光

熄灭在下方乱石嶙峋的河流之上

然后路面下降，现出柔和的秋影

远处的树木如鬼影笼罩在破晓的云雾中

枯叶落尽的平顶树篱在风中乱荡

透过乌云遮蔽的晨曦泛着粉红微光

我开着我的小货车穿梭在整齐的树篱间唱着歌

下到薄雾缭绕的坡底然后爬上山坡

突然之间我望见晴朗无云的蓝天

我离家已远。

金鼹鼠、星鼻鼹鼠、著名鼹鼠

鼹鼠力大无穷。他有一对硕大的前爪，每只前爪都和他的脑袋一样宽，上面有两个拇指。他的颈部和肩部肌肉结实，坚硬得像块鹅卵石。我是干体力活的粗人，靠铁锹吃饭，鼹鼠的前爪却比我的手还要有力：一只活鼹鼠可以轻而易举地掰开我紧握的五指，然后逃走。他身体其余的部分都很脆弱，柔软又有韧性，因此能在不比他身体宽的地道里来回转身。他的鼻子湿润且粉嫩，和狗鼻子一样。我抓的鼹鼠是欧洲鼹鼠（学名：Talpa europaea），有我的手掌那么长，差不多和一个空皮夹一样重。他全身上下覆盖着暗沉的蓝黑色毛发，软软的，如天鹅绒一般光滑，不管往前后左右哪个方向梳都很柔顺，因此这种鼹鼠能在地道里倒着走。

他的触感堪比你能想象到的最高档的天鹅绒。他有胡须，有针一样尖细的小牙齿，小得就好像你不小心摔碎玻璃杯后，过了几天在厨房地板上发现的闪着银光的碎玻璃碴，如果他不被我抓住，过不了一两年他的细牙就会因为吃多了混着沙土的蠕虫而磨损殆尽。他没有肉眼可见的耳朵，如果你在黑暗的环境下拂开他的毛仔细观察，就能看到他的眼睛，闪闪发光的小黑点，比这里的句号大不了多少。他是个像丝绒一样滑溜溜的小家伙。他的后爪和后肢都很袖珍，就像老鼠的腿一样又细又脆弱，他有一条一英寸[1]长的尾巴，覆着一层刚毛，竖起来可以碰到他的地道顶上。

据说，如果你拥有一个用鼹鼠尾巴做穗子的钱包，它将会一直鼓鼓的。鼹鼠和魔法仪式似乎很相配。有一个说法在捕鼹人中间广为流传：随身携带一对风干的鼹鼠前爪不仅可以预防风湿病，还能避邪，这样的迷信在整个欧洲大陆都很常见。女巫偏爱鼹鼠，把他们当成魔宠，或许因为鼹鼠是黑暗而神秘的生物。如果吞下一颗刚剜出来、仍在跳动的鼹鼠心脏，其血液和器官就会赋

---

1 1英寸为2.54厘米。——编者注

予人占卜的能力（根据老普林尼在其《自然史》[1]中的记载），而把鼹鼠握在手里一直到它死去，会给你带来治愈的力量。鼹鼠身体的不同部位分别具有治疗癫痫、预防牙痛和寒战、控制痉挛和除疣的功效。古代的捕鼹人可以通过兜售这些"天然疗法"赚取一笔相当丰厚的额外收入，他们有时候会被视为"奇人异士"，也就是流浪的男巫，他们在鼹鼠出现时出现，在鼹鼠消失时，他们也带着自己的秘诀消失无踪。

欧洲有白鼹鼠和金鼹鼠，但很罕见：有一种说法是，如果你抓到一只，你将在一个月内死亡。我从来没有抓到过一只。如果你把一张自己和白鼹鼠的合影寄给一个捕鼹协会，他们会给你颁发一枚特殊的徽章。我有一枚标准的镀金徽章。

在欧洲，我们只有一种鼹鼠。爱尔兰没有蛇，也没有鼹鼠。在上一个冰河时代，欧洲大部分地区都被冰雪覆盖，但到了大约七千年前，冰雪开始融化，动物们沿

1　老普林尼（Pliny the Elder）即盖乌斯·普林尼·塞孔都斯（Gaius Plinius Secundus，23/24—79），古罗马百科全书式的作家，《自然史》（Naturalis Historia）是其代表作。

着逐渐解冻的土地向北迁移。还没等许多动物到达爱尔兰，海平面就已上升，把爱尔兰变成了一座岛屿。

世界范围内的鼹鼠种类繁多，其中大多数与欧洲鼹鼠相似，有的甚至没有什么区别。北美洲有七种：毛尾鼹鼠、东部鼹鼠、宽脚鼹鼠、汤森鼹鼠、海岸鼹鼠、北美鼩鼹和星鼻鼹鼠。

东部鼹鼠是美国最常见的鼹鼠，分布西起落基山脉以东，北起密歇根州，南至得克萨斯州南部。毛尾鼹鼠，顾名思义，与其他鼹鼠的不同之处在于他有一条毛茸茸的尾巴，并且颜色更深一些。

鼩鼹鼠是美洲唯一一种不具备可以掘土的宽大前爪的鼹鼠。他不堆鼹鼠丘，而是在他通常所在的太平洋西北地区[1]雨林的落叶层中挖掘表层地道。他的独一无二之处在于，他可以用脚掌踩着地面走路，并能爬到树木和灌木上寻找食物。他常常被误认作一种鼩鼱，因为他是体型最小的鼹鼠，整个身体连同细长的尾巴一共只有

1　太平洋西北地区（Pacific Northwest）是指美国西北部地区和加拿大的西南部地区，主要包括阿拉斯加州东南部、不列颠哥伦比亚省、华盛顿州、俄勒冈州、爱达荷州、蒙大拿州西部、加利福尼亚州北部和内华达州北部。

四英寸长。

汤森鼹鼠是北美最大的鼹鼠，包括一条短尾巴在内，其身长接近十英寸，体重可达到五盎司[1]。星鼻鼹鼠生活在北美洲的湿地和沼泽地区，在溪流和沼泽底部寻觅甲虫和无脊椎动物为食。他的体型比欧洲鼹鼠稍大，一对巨大的前爪看起来和后者很相似，但他的尾巴更长也更粗一些。最显著的区别在于他的鼻尖上环绕着一颗直径约半英寸的"星星"，这是他用于感知周围的环境以及探测猎物的器官。鼹鼠的鼻子具有十分独特的震动感知器官，在星鼻鼹鼠身上，这套器官进化成了二十二个粉红色的触手，看起来和动起来非常像海葵：它们能以人眼跟不上的速度发现、捕捉并吃掉猎物。星鼻鼹鼠挖掘的地道终点通常位于水下。俄罗斯麝鼹也是一种水生鼹鼠。他看起来很不像鼹鼠：脚上有蹼，尾巴很长，以家庭为单位聚居在河岸边的地穴里。他也没有视力，但有一个典型的鼹鼠鼻子，非常灵敏，他的体重是鼹科动物中最重的，达十八盎司，身长包括尾巴可达十六英寸，他的尾巴和身体一样长。近年来，这种麝鼹的

---

[1] 1 盎司约为 28.3 克。——编者注

数量因毛皮贸易锐减，现在成了俄罗斯的受保护物种之一。

有些动物看起来像鼹鼠，其实不是鼹鼠；有些动物看起来不像鼹鼠，却是鼹鼠——大自然会复制自己，并以现有的一切来填补空白。众所周知，新西兰除了蝙蝠和鼠海豚等海洋哺乳动物外，就没有什么本土的哺乳动物，不过澳大利亚有一种袋鼹鼠，这种生物并非真正的鼹鼠，但外表和行为无疑很像鼹鼠。它生活在沙漠地带，凭借巨大的前爪向地下打洞，通体金黄，有一个装幼鼠的小袋，不同寻常的是，袋中的幼鼠是背朝前方的，这样就不会吃一嘴沙。另外还有一些不是鼹鼠的"鼹鼠"：鼹鼠蟋蟀和鼹鼠蟹、对疼痛不敏感的东非裸鼹鼠，以及整个种群都是雌性的北美鼹鼠蝾螈[1]。

鼹鼠不仅遍布我们的土地，在我们的神话、诗歌和文学作品中也比比皆是。除俄罗斯麝鼹外，鼹鼠都是独居动物。尽管如此，在《柳林风声》这本全世界最可爱的书里，讨人喜欢的鼹鼠却与河鼠、蛤蟆和獾交上了朋友。也许我们会忍不住把自己不吃的动物拟人化。

---

1 鼹鼠蟋蟀（mole cricket）即蝼蛄，鼹鼠蟹（mole crab）即蝉蟹总科，鼹鼠蝾螈即钝口螈属。

在其他故事里，鼹鼠也都不甘寂寞。《纳尼亚传奇》中的"利利格洛弗斯"（Lilygloves）不仅是一位优秀的园丁，还是一群会说话的鼹鼠战士的首领。《邓克顿林地》讲述了牛津郡一个崇拜立石阵的古代鼹鼠帝国的浪漫故事，充满了战斗与冒险。在不计其数的儿童读物中，鼹鼠和他的朋友们有着形形色色的冒险经历。或许人类很难写出独行者的故事。

一七〇二年二月，威廉三世（又称奥兰治的威廉）在里士满骑着他那匹名叫索雷尔的马，被鼹鼠丘绊了一下，这位国王被甩到地上，摔断了他的锁骨，由此断送了性命：他染上了肺炎，并于次月去世。距此十四年前，新教徒威廉和他的王后玛丽废黜了统治英格兰和苏格兰的天主教国王詹姆斯二世（苏格兰的詹姆斯七世）。但在英格兰、苏格兰、爱尔兰和其他国家，有许多政治派别都是废王詹姆斯的拥护者，于是其党羽举杯向鼹鼠敬酒，"为穿黑丝绒的小绅士干杯"，直到今天人们偶尔还会听到这句话。伦敦圣詹姆斯广场上有一座精美的铜像：威廉身披古典样式的长袍，衣袂飘飘，威风凛凛地骑在马上，俨然一派凯旋的君王风范，他的马高高昂起头颅，鬃毛飘荡，就在他的左后蹄边，有一个小小的鼹鼠丘。

在拂晓的山坡上

俯视下方的山谷

没有任何真实或想象的路

我行走在田地边缘

溪流沿着脚边蜿蜒

今日的浓霜

可以冻住猫爪

静默的树木和灰绵羊

满是树叶和羊毛

等待温暖和光芒

寒冰般的空气在我的胡须上凝结滴落

带着雪和腐叶的气息

冷空气粘上这把老铁锹劈裂的长柄

被我手掌失去的热量软化成污泥

它灰色的丁字把手饱经风雨

配我手上的老茧正相宜

没有了它我就没有用处

我的身体在劳动

我的意识在放空

披着人皮，与猪无异

我抽着鼻子，弓着脊梁

我在结晶的草地上

留下长靴的足印

我想游泳

想独自在湖中

静静地悬浮

我的背上印着云朵的文身

海鸥吱吱叫着

在头顶上盘旋。

鼹鼠丘——离家

时值冬季，寒冷刺骨，我不愿从温暖的家里走出去，然而必须离开，避无可避，逃无可逃。我必须去工作。（昏暗的）光线终于在卢克伍德现身。我一年的工作即将结束。天寒地冻，捕鼹鼠正当其时。

在乡野散步或狩猎时，我成了孤独之身，将人的本性抛在身后。我变成了另一种生物：更变化多端、无拘无束，适应性更强，并且更忠于本能。这些习性形成于我少年时代的野外生活。什么也不去想，什么也感受不到，只是一刻不停地活着，脑海中没有任何想法或惹人注意的思绪流过，只剩下本能，一种意识，意识到田野的存在，但不会特别意识到自己身处田野之中。我们似乎融为一体。我、田野、天气、流进流出的气息。要想追踪一头动物，你需要让意识达到这一境界，而像这样遗忘自我则是我生命的一个重要组成部分。无知，无思，于我而言最理想的意识状态莫过于此。我可能产生的任何想法似乎都只是这种意识表面的倒影，离直接经验有一步之隔，让我与来自当下的电流绝缘。

我拉开生锈的弹簧钢闩，它发出嘎吱嘎吱的响声。天很冷，这扇五横杆栅栏门顶端开裂的绿色木头上结着细小的冰晶。它大概有半世纪的历史了，还能再用至少半个世纪。门被自身重量牵引着缓缓打开，砰砰敲打着地面。我踏着沉重的脚步走了出去，然后关上门，门闩合上，"哐当"一下发出金属撞击声。除此之外，万籁俱寂。凑近一看，木头上的绿色裂缝成了一道道阴暗潮湿的沟壑，里面长满了松树般的地衣，宛如一座小森林，可以让人在其中迷失数年。我喜欢观察。自然复制出了许许多多大小不一的自己。当我关上这扇大门时，它在我手上留下了一道绿色的污渍。

门口有一片光秃秃的柳树，一小群长尾巴的小鸟在摇曳的黄色柳絮之间一晃而过——黑色和米色的，又或许是一抹粉红或绿色？他们飞得太快了，而在拂晓的树影里，光线太暗，看不清他们真正的模样，但我觉得我认识他们。我对事物名称的记忆力已大不如前：对我来说，似乎没有必要去刻意回忆什么。答案会不请自来，不来也罢。词语与它们命名的事物是迥异的存在：各自活在不同的场所，拥有不同的生命。

如此安静的时刻给人一种完满的感觉：它们已达到至臻至美的状态，再添一物都是多余。我低头望着田地，开始我的工作。我的内心平静下来，满心的寂静仿佛要倾泻而出，填满这片完美之中的一切罅隙或裂痕。一旦体验到这种纯粹的存在感，你便无须再追问自己存在的理由。

生命在分至点发生变化。在很久以前的一个冬天，也就是我满十六岁那年的冬天，我母亲去世了，第二年初春，我父亲说我是"多余的累赘"，应当离开。我也感觉不到有任何人需要我或关心我，所以我同意了他的说法。我收拾好背包，第二天清早便离开了家门。我不告而别。一张字条都没有留下。我的几本书留在书架上。家庭照片、衣服和童年的物品仍在抽屉里。我把钥匙放在桌子上，悄悄地关上了门，以免吵醒任何人，也免得多费口舌。我是个懦夫。我把我过去拥有的一切都抛在身后，听从了虚无的召唤。

　　我成了一名学徒，收入微薄，租不起房子，所以我先是借宿在朋友的父母家，在沙发上过夜，直到主人不再欢迎我为止，后来又辗转于一些无人居住的空房屋以及一个废弃的仓库。在威根码头我打工的炼钢车间外面，我躺在利兹—利物浦运河河面一艘半沉的运河船甲板上彻夜难眠，仰望着星空，我下定决心要去做我擅长的事，那就是行走，去做我喜欢的事，去流浪，见识世间万物，努力看清它们的真貌。父亲很讨厌我这一点。我记得他有一次说我"太蠢了，下雨天都不进屋"，可我心想："但下雨很有意思啊。"我是一个爱做梦的孩子。

　　我辞掉了工作，开始沿着纤道行走。我走了将近十八个月，步履不停。我身后没有留下灰尘，没有留下足迹，我尽可能不在别人脑海里留下记忆。我宁愿把自己当成一个飘然而过的幽灵，很快就会被人遗忘。我不知道自己走了多长的路，因为一旦你开始计算路程，那就不是漫步了。我走出了城镇，走过废弃的厂房，走过船闸和船闸管理员的小屋，到了乡下，我还记得那段流落乡间的日子，我坐在我的帆布背包上吃苹果，把苹果核扔进缓慢流淌的黄褐色河水里。我看着榛树上的黄色花序一长串一长串地挂在枝头，在自己的倒影上方摇曳。成百上千万昆虫在低空飞行，时而俯冲下去，轻点水面，然后再次升入空中。

我十六岁那年的春、夏、秋都在路上度过。季节以大约每小时两英里[1]的速度从南向北移动。如果我一直向北走，就能永远待在春天。在我看来，这是我"与鸟同眠"的岁月。我想象自己像个士兵一样生活。我走了一英里又一英里，避免与他人接触。我尽量不引起别人的注意。无家可归者受人欺凌，因此我将自己的隐藏技能磨炼到极致，隐入地下。如同一只鼹鼠，避光而生，如同一条蠕虫。你知道吗？如果蠕虫在日光下暴露超过一小时，它就会无法动弹。

幸运的是，那是一个暖春，我还有一点钱，打工攒的几英镑——干了几周的报酬，已到手的一个月工资、退税，加上节假日加班费。我没有非做不可的事：失业，没有工作，没有家，没有要见的人，没有责任在身。于是

1 1英里约为1.61千米。——编者注

49

我走在路上，看着夏天慢慢落在枝头，仔细观察柔软的叶芽渗出黏液，以防止昆虫的蚕食。运河偶尔流经人类聚居的社区，我便去村里的商店买点吃的，然后转身回到路上。纤道十分适合流浪，因为沿途有不少还能正常出水的水龙头，它们是供很久以前就已绝迹的运河船船员使用的。干净的淡水有时候很不好找。等到夜幕降临，遛狗的人、垂钓者和醉醺醺的年轻人全部散去，整条运河便归我一人所有。只要能走运河的纤道，我就不会选择别的路：在那里很容易找到过夜的地方，没有汽车经过，没有噪音，没有污染。

那个年代还没有"无家可归者"这种说法：要么是流浪汉，要么是"漂泊的绅士"。"无家可归者"的定义完全不一样。从前有一个流浪汉每隔一段时间就会来我们村子，他当过兵，睡在小酒馆沿街的公共汽车站。当地人有时会给他带一品脱[1]啤酒，他就在他过夜的候车亭里喝掉。他从不进室内。他也很少开口说话，但一到夏天他就会出现，待几个礼拜，然后又消失，直到次年夏天再回来。我和其他小乡镇的人聊过这件事，他们表

1　1品脱约为 0.568 升。——编者注

示："我们也见过一个那样的人，每年过来待几个星期，然后就走了。"这种现象在全国各地都很常见。昔日的捕鼹人也过着这样的生活。

石头、钢铁、煤炭和水

荆豆花在羊群点缀的山坡上闪着微光

脚踏威尔士的泥且头顶威尔士的天

这轻拂的细雨

自大海里蒸馏出来

凝结于红色的砂岩山脉

仿佛依然带着盐的咸味

我在腐烂的树林里

满地潮湿的蕨和变质的真菌

我可以蜷成一团枕着落叶

两英寸长的白白胖胖的蛆

在底下吃着东西

无神论者认为万物皆有联系

而那就是真正的奇迹

我累了也饿了，而当破晓的阳光

照亮了打卷的叶子上的水滴

小鸟们便开始歌唱

我把这残破不堪的年头啄成了树桩

储存它的肥料准备过冬

我看着大雁飞走

他们来了又去而我依然留在此地

我的脸庞不再光滑

我的脊梁不再笔直

土地

俯瞰这片土地，我看到了成群散布的鼹鼠丘，有些排列得相对笔直，但其他大部分都显得散乱，其分布就像一道禅宗的谜题，乍看之下看不出什么意义，好比脱离了五线谱的音符。

一位教过我的捕鼹人曾经告诉我，雄性走直线，雌性兜圈子。性别是流动的，但无论如何，我还是要把他的无稽之谈转述给大家。于我而言，活着的、地上爬的、水里游的、天上飞的事物从来都是"他"或"她"——如果我能找到一个不固定生物性别的代词就好了，那样一来生活就会更轻松一些。我不喜欢用"它"来称呼有生命之物：那会让我们之间产生令人难过的隔阂。我会感觉到疏离、孤立，对生命缺乏尊重。柳树后面那群长尾山雀（我想起了他们的名字）飞快地盘旋、打转，看上去就像一只鱼形的生物——他们拥有一个群体身份。鸟群是单数的"它"。群体永远都是"它"。当生物处于群体之中时，其个性就会发生变化。我是个无法融入群体的人，我不信任它们。

在大不列颠和北欧的部分地区，鼹鼠被称为"Mould-iwarp"或"Moldivarp"即土地搬运工。鼹鼠将地表下面的黑色土壤搬到地上，把土地掘个底朝天，把土块挖得粉碎。这种湿润肥沃的泥土质地细腻，营养丰富，备受农人和园丁的青睐。

地球上大部分生物都生活在地表最上面几英寸的地方，鼹鼠、蠕虫、幼虫、甲虫和其他成千上百万生物都在这里活动。表层土壤之下是底土，一般来说底土的土壤密度大，营养物质少，因为它已被过滤掉了营养成分，并且由于上层生物的活动以及有机物的沉积而被压实。作为一名园丁，我不用再翻土了：我锄掉杂草，到了秋天就用堆肥铺满花园，一如大自然用落叶和枯草覆盖大地。这么做可以保持土壤湿度，抑制杂草的生长；并且有利于蠕虫分解硬土，增加微生物的活动，扩大生命的活动范围，让空气和水分进入土壤。翻土的活儿有鼹鼠为我们代劳。有些园丁仍然会重复翻土，但越来越多的人都开始明白微生物和真菌的重要性，并认识到挖土会破坏土壤，所以他们会尽量少踏足土地，以免把土壤踩得太实。

牧场的草地上打了成片成片的霜，这里的鼹鼠丘有些是一块块黑色的小凸起，正要破土而出；有些是新土堆成的大土丘，和我的鞋帮一样高，甚至更高，有很多顶上都结了一层冰。有两三个鼹鼠丘是新堆的，说不定就诞生于片刻之前，除此之外还有不少已经存在了很久的鼹鼠丘，它们饱受风吹雨淋，几乎被踏平，上面长满了杂草。以后还会有一代又一代鼹鼠共享这片草场。我以前来过这里：鼹鼠去了又来，我也一样。这里是鼹鼠的领地，他们永远不会离开。捕鼹人能做的仅止于控制鼹鼠的数量。自然的生存意志太过强烈，人仅凭捕鼠夹这一个武器无法与之抗衡。要将一个物种赶尽杀绝，需要化学手段。

地球表面起起伏伏的土地几乎不会向我透露在它薄

薄的皮肤之下隐藏着什么，但我已学会阅读鼹鼠丘，并懂得如何将其下的土壤想象成三维空间。这多多少少已成为一种本能，但学无止境。

鼹鼠丘的大小并不能告诉我底下的地道有多深，但它的成分和颜色给了我一丝线索。是来自地下更深处的石头和黏土，还是地表附近质地疏松的耕层土壤——全看它的构成对应于土地结构的哪个部分。

鼹鼠并不住在鼹鼠丘里，大多数鼹鼠丘只不过是他们的生活垃圾、泥土和石块组成的垃圾堆，除非下面的地道坍塌，否则他们不会再回到这里。鼹鼠丘里常常混有陶瓷和玻璃碎片。在英格兰北部和丹麦，考古学家从鼹鼠丘的土里筛出鼹鼠从地下带出来的碎片。他们通过这种方式寻找昔日文明的蛛丝马迹，同时也避免了惊扰遗迹的安宁：他们称之为"鼹鼠学"。有时候，我会在鼹鼠丘里发现尼龙衣物和打包用的麻绳的残片，或是生锈易拉罐的铝制拉环。看到这些非自然的人造物品拒绝腐烂，拒不归于尘土，我的心情会变得沉重。人类唯一的永恒之物就是他们制造的垃圾。自然存在的事物会腐烂。所有自然的产物都要经历一段痛苦又美好的存在状态，在此阶段，它们不再是原来的样子，而是开始变成另外的样子。我觉得我正处于这一阶段。

　　有时候，我发现地下的鼹鼠向地面推土时，鼹鼠丘会移动位置。当我注视着那些小丘的时候，它们却纹丝不动：鼹鼠们知道我来了——当我背着铁锹和装满捕鼠夹的帆布包信步走在半英里外的小路上时，他们就听到了我的脚步声。这片土地除了乌鸦的叫声之外再无其他声音，就连小长尾鸟也沉默不语。

　　鼹鼠没有朋友，也没有家庭，他们不串门，厌恶结伴同行。他们没有任何群体认同感：鼹鼠永远没有群体，永远不存在一个"它"。称呼鼹鼠从来都用不着集合名词，因为他们从不一起出现，除非成了尸体。然后你愿意用哪个名词就用哪个吧：堆、沓、垛、桶、袋、排，诸如此类。

　　在鼹鼠和我的世界里，没有任何群体需要我们去脱颖而出或脱离其中，我们亦无须去融入或回避。他们的世界一如我的世界，只有少数几个相关的个体和他们的社交网络。一个几乎没有他者存在的世界，然而机器、房屋和人群正在迫近：我们靠近城市和交通枢纽。虽然它们没有到达这片田野，目前还没有，但随着城市的边界线逐渐向乡村推移，我每天开车都会与那些黄色的机器擦身而过。

尽管鼹鼠互相回避，我还是看得出这片田野可能存在不止一只鼹鼠，每只鼹鼠都有自己的领地，而且这些领地可能会有重合。我把自己的视野放开阔，不聚焦于一处，不做任何先入为主的判断，仔细观察每一组鼹鼠丘的分布规律和它们之间的距离，以帮助我预测鼹鼠的大致数量。这块地不大，我差不多用四十分钟就能悠闲地走完一圈，据我估计，它应该能容纳十几只鼹鼠。我眯起眼，视线扫过一亩又一亩土地，数出了大概十到十二块领地，其中一部分领地有重合区域。

我的右手边有一条河——河那边的土地是灰色的，土质多石，含有大量黏土。一只水獭在泥滩上留下了脚印，自从上游几英里外的矿场关闭后，翠鸟、鸬鹚、苍鹭、天鹅和各种鸭子又回到了河上。夏天，失业的矿工和他们的孩子坐在河岸上，手里拿着钓竿。河里有鲑鱼和鳟鱼。人民惨遭重创，自然欣欣向荣。这些人里面有少数已无家可归，却抵挡住了让许多人南下的吸引力，留了下来。其他人都已远走高飞，在上游三十英里处留下了一座座用木板封住的房屋，一个个已成空壳的家，那里的工作已不复存在。一排排小屋悄然坐落在山谷的坡地上。夏天，无家可归的人从四面八方来到这儿，有时睡在下游，藏身于河岸的灌木丛，还有人住在帐篷里。到了冬天，他们就进城寻找遮风挡雨的屋檐。有人留下，有人前行，有人死去。

这就是塔夫河，发源于布雷肯比肯斯的高地，我有时候喜欢去那里徒步和露宿。再往下蜿蜒五十英里，塔夫河将穿过加的夫市中心，绕过加的夫城堡和橄榄球场，汇入加的夫湾。我眼下正在打理的这片牧场已有好几个世纪的历史，幽深而黑暗。在这里，我就是我自己，和其他动物没有分别：我不必为自己的任何行为做出解释，没有人需要我的解释。我来这儿是为了捕鼹鼠。单单是在这里从事这项孤独的工作，便能引导我逐渐深入万物的联结，满足了我的生命之需。一只几乎隐去身形的苍鹭在暴风摧残过的一团树干中间等待小鱼，摇摇欲倒的树干在等待一场洪水把它们送入大海。一只鸬鹚飘然而过。

我有重回故地的习惯。我乐于拥有一块属于自己的领地：有固定的地方可以回去给人一种自由——让人不必为去哪儿发愁，也让人有了休憩之所。我希望给予我的孩子们一种归属感，但另一方面，拥有固定的归属地也让我感到不安。一旦有了归属感，人们就会渴望建造一些东西来标记自己与外物的联结，而有了花园、房屋、事业、隧道系统以后，人们就必须保护它们，防范入侵者，必要时还得诉诸暴力。我们努力创造一种永恒的假象，却并不存在什么永恒。

我早年的生活居无定所。我们不停地搬家，与他人和地方的关系总是很短暂。无法维系的友情从来都是在迅速升温的蜜月期内仓促收场。我的出生地离我现在居住的地方很远。我的文化来源于我的父母、祖父母和我成长过程中遇到的人。他们将自己从父母辈那里继承的东西零零星星传给了我。它们与这片国土的不同地域有着遥远的亲缘关系。一些特殊习性、品位、习惯和身体局部的小抽搐，从我无从得见的曾祖父母及他们的父母那一辈流传下来。他们无异于幽灵，浮现于我的言谈举止之中。我所拥有的仅此而已：并非照片，并非传家宝。我没有土地。

我曾在这座岛屿上四处流浪，风餐露宿。我觉得这里的土地都属于我，也属于每一个人。我生来就带着流浪的基因，我的祖父母和外祖父母分别来自苏格兰、爱尔兰、马恩岛和兰开夏郡。他们是士兵、铁路工人和磨坊女工，为了寻找工作或摆脱贫困，或者仅仅由于厌倦了现状，他们过上了漂泊无定的生活。在工业革命之前，他们或许会成为流动的农场工人，甚至是捕鳗人。只有一位祖父在他出生的兰开夏郡的某座小镇住了一辈子，他有一个威尔士姓氏。也许我回到了故乡。

我以前认识一家爱尔兰人，他们自称吉卜赛人。他们住在城区的一座房子里，常常谈起他们以前尝试与国民做邻居的种种麻烦。我问他们"国民"是什么意思，他们告诉我，这个称呼用来指代属于一个国家的人民。

家是我们理应去爱、去尊重的场所，它赋予我们一种忠诚感。没有家，我们就没有那种忠诚感，那种民族意识。在南威尔士这里，我感觉"回到了家"，一如我在其他任何地方的感觉。我创造了一个家，然后结束了漂泊。这是一个让我身心愉悦的地方，我与妻子在此共筑爱巢，生儿育女。我选择了一个地方定居，我们全家安顿下来。我已经熟悉了这片地域，而熟悉感让生活容易驾驭，也让生存变得轻松。

在英格兰北部和苏格兰，人们不问你住在哪里，也不问你来自哪里，他们问的是："你在哪里停留?"就好像住所只是旅途中的一个停靠站，就好像我们全都是旅人。威尔士的家正是我决定停靠的一站。它是我床上的凹陷处，我疲倦的时候就往里面一躺，它是我女人和孩子们寻找我时首先会去的地方。然而在现实中，我们全都是旅人。

我的身份认同感并非来自我生活过的任何一个地方，而是产生于我成为一名园丁时，那时我意识到我的家就在户外，在乡间，无论哪里的乡间。当我的脚离开地毯或地板，踏上土地的时候，我明白了自己是谁。我属于大地，热爱泥土。土壤是活着的有机体，我想让它贴着我的皮肤。步行让我愉悦，我总是尽可能赤着脚，不戴手套，不戴帽子，我的身体连接起了空气与大地。泥土是所有生命和生长过程的最终归宿。它孕育了万事万物。我生命的本质已经与岩石、树木、泥水和落雨的本质融为一体。这些事物占据了我的全部身心，如果无视它们的存在，我想象不出自己该如何生活。

作为园丁，我的工作场所是修剪得整整齐齐、打理得漂漂亮亮的花园，这样的地方通常是为了赏心悦目和打动人心而存在，但我的心不属于此地：我的心徜徉在森林和草原，在野外，那里有蕨类植物生长在潮湿的背阴处，把根扎在倒下的树上。那里有潺潺的溪流，水面上方悬挂着毛地黄或柳树，黑魆魆的泉水和池塘里沉着腐烂的落叶，犹如土地的大锅，冒着诱人的气泡。这些都是我少年时代常常漫步的地方，我总是一连数小时坐在那里，以大地为床，在那里我感到安心。

吃着无人采摘的苹果

六七只乌鸦围着我

他们一无所知

他们不计划未来

却在为冬天做准备

我跪在地上而蛤蟆扑通跳过

我们平视彼此

而我再次坠入爱河

一个独行的野蛮人

流水与岩石的相遇

让火花蹿过我的脊柱

我赤裸身体

再也无法从这里回去

深绿的青松高高矗立且摇曳不定

映衬着冰蓝的明亮天空

树荫下冰霜凝结的地方

是庇护之所

我想象一个过夜的营帐

醒来看见寒光闪烁的天地

用小树枝生起冒烟的营火

煮上早茶

我是雄鹿

我是狐狸

我是鲤鱼

我是秃鼻乌鸦

我是身上裹着羊毛且双手沾满泥土的

赤裸两脚动物[1]

---

1 赤裸两脚动物(naked forked animal)这一说法典出莎士比亚的戏剧
《李尔王》第三幕第四场，用以形容人被剥夺了一切之后的本质。

地道与睡眠

　　我很疲倦。外面很冷，此刻我宁愿待在家里，继续躺在床上，但还有活儿要干，于是我裹上厚厚几层羊毛衫和棉衣，让水汽在里面蒸腾。这块小小的土地如同一片战场：曾经青草覆盖的地面现在满是鼹鼠丘和淤泥。它是一家射箭俱乐部的地盘，看上去就像被轰炸过一般。威尔士有悠久的射箭传统：威尔士弓箭手曾在英格兰和法国的战场上备受器重。

　　这块地位于一片山坡上，是城镇边缘到乡村的过渡地带：一边是一个小住宅区，步行五分钟就到；另一边是一块连着一块的田地，一直延伸到下一个城镇。我猜，它终有一天会被这两个城镇中的一个吞并，然后鼹鼠冷不防就会从某一家人的花园里冒出来。我左手边的铁丝网围栏后面有一条被道砟垫高的铁道，一列油罐列车呼啸而过。司机按响了双音喇叭。鼹鼠并不在意。

在我的右手边，河岸沿着斜坡向下，穿过开满喜马拉雅凤仙花的灌木丛，延伸到河边。河对岸又是一片一望无际的田野，一座座顶上被树木覆盖的小山丘散布其间。田野的低洼处无人照管，成了野生的林地，林中大多是落叶树，这个季节都已掉光了树叶。桦树、榛树、柳树，还有几棵冬青树。都是自播繁衍的树种。我知道它们的名字。这几种树都曾被我用作柴火。

我身后的农场大门嵌在一圈过度生长的树篱中间，树篱左边有一片小灌木林。树篱已不成树篱的样子：它的缝隙大得足以让一个人通过。我以前经常寻找这样的地方过夜。地上铺着落叶层，树篱可以挡风，还有能伸展身体的空间。看得出这树篱是很多年前种下的，因为较老、较粗的树干都往左边横着长，然后从上面抽出枝条，向上长，长成树。桦树、黑刺李和山楂树。根据树干的粗壮程度，我估摸着这树篱栽下的时间大概有五十年甚至更长。在通往田地的小路边，有人已经开始种一排新的树篱。如今这一带很少见到这样的景象了：显然，有人在学习这门技艺。这些年来，我自己也学会了一些园艺技能——砌干石墙[1]，种树篱——但干这些活儿需要耗费大量体力，在这个时代已经产生不了什么经济效益了。这些技能正在消亡，现存的树篱和石墙全靠我们农人的一腔热情在维护。干石墙是蟾蜍、蛇和蜥蜴的一大栖息地，因此这些动物的数量如今也在逐渐减少。

我用鼹鼠丘的泥土搓手，以掩盖我的气味。从鼹鼠丘里，我掏出了一块陶瓷碎片，用手翻弄着，心生好感，于是我把它放进了口袋。我手中的这把土就像所有肥沃的土壤一样，混合了沙子、腐烂的树叶、小树枝以及昆虫和软体动物外壳的碎片。每一抔泥土都充满生命的气息，甲虫、蠕虫以及数十亿微生物、线虫、黏菌、细菌和真菌活跃于其中，吞噬着腐烂的植物以及彼此的身体。食物的微粒慢慢从一个小有机体中穿过，数量减少后再进入并穿过另一个更小的有机体，在此过程中与有机体的肠道细菌混合在一起，这些细菌将土壤中的植物和动物排泄物分解成矿物成分，如此一来，寄生在植

1　干石墙（drystone）是一种不使用砂浆或其他黏合剂，直接将石头堆砌而成的墙，通常用于围场、田地或花园。

物细根上的菌根真菌就能吸收这些矿物成分，并将其转移到植物的根系内部，这一共生关系直到现在才被人们充分了解。将林地的落叶层拨开手掌厚度那么深的一层，还没看到菌丝，你就会先闻到蘑菇的香味。地球的肠道。白色细丝组成的这张巨大的网不仅收集矿物质，还网罗腐烂的有机动植物。它将所有正在生长的事物连为一体，缠绕在毛发丝状的细小植物根系上，传递养分，让植物吸收到所需的矿物质和化学物质。这些有机体及其相互之间的密切联系构成了我们这颗活地球的消化系统。

我的双手沾满了生机勃勃的褐色泥土和数以亿计的微生物。无论是内在还是外在，我都是这个充满生命与死亡、不断循环往复的庞大有机体的一分子，它就像对待洗衣机里的衣物一样，将其腐烂的部分旋转、混合、漂洗、烘干。如果没有这些活在我们表面以及身体内外的生物体，我们根本无法生存。

不久前，我看着一台摄像机穿过了我的肠道。它在我身体的隧道中蜿蜒行进，将湿漉漉的粉红色肠壁呈现在屏幕上，并寻找着不应该存在的细胞，然后用滚烫的金属线圈消灭它们。我忽然发现土壤中栖息的细菌与我肠道中栖息的细菌居然如此相似，不禁吃了一惊。菌丝、肠道和细菌都分解营养物质，以帮助细胞吸收。回到家后，我开始研究肠道菌群以及如何养护它们，而现在我把它们当成我的小宠物一样呵护。我无时无刻不感觉到，我不过是一套交通隧道组成的网络，一条带有配套系统的消化道，让细菌可以四处移动，以便觅食和繁殖。

这个世界上发生的很多事都取决于地表之下隐藏的不为人知的秘密活动。鼹鼠是地球自身消化过程的一个环节。鼹鼠吃虫子，虫子吃被它们拖进自己的小地洞里的树叶。鼹鼠将自己的活动痕迹留在地面上，用一种暧昧不明的可疑语言向人们叙述他在哪里，他在地下多深的地方。他的身影很少被人看见。读懂他的叙述，破解他的秘密，找到他并提前将他送回尘土，让他被他本来要吞进肚子里的蚯蚓、蛆虫、甲虫和蠕虫回收，这些就是我的工作，由我孤身一人、近乎无声地完成。

一只鼹鼠一天能挖大约二十米长的地道，他一边挖，一边用宽大的前爪将地道顶部和壁上的土压实。他也会把土往前推，最终前方积的土太多，再也推不动了，他便改道，把土往地面上推。我偶尔会瞥见他从鼹鼠丘里伸出粉红色巨爪的瞬间。

鼹鼠会在墙壁、小路和地界下方挖地道，他们会在河川中游泳，也会在地基下面的泥土中穿行。在鼹鼠的三维世界里，他上上下下、弯弯扭扭地在岩石与树根之间绕行，寻觅食物。觅食通道的路线蜿蜒曲折：不同的通道可能会交叉，穿过彼此，然后分道扬镳。

鼹鼠能挖多深的地道往往取决于气候以及土壤的类型和深度。我听说过鼹鼠深入地下的故事，有位教堂司事看到一只鼹鼠从一座空坟墓的底部跑过——这个传言我听过好几次，但没有一次是出自真正的目击者之口。这个世界靠虚构运转。

鼹鼠有至少两种地道：一种是觅食地道，弯弯曲曲，方向变来变去；另一种是永久性的地道，通常沿着田地的边界，沿着墙根、栅栏线和树篱在地下延伸，这些地方湿气凝结，土壤一般都很潮湿，而且没有外来的干扰。永久性地道通常很深，充当着鼹鼠整个系统的支柱，是他的家之所在。如果食物充足，他就会一直待在这些地道里巡逻，寻觅掉进去的蠕虫和甲虫。食物短缺的时候，他就开始扩张自己的网络，挖掘觅食地道，新的鼹鼠丘随之出现。

有的地道很浅，拱起了上面的草皮，让草地上突
兀地冒出一条条蜿蜒紧凑的弧线。教过我的一位老捕鼹
人称这种现象为"疯跑"：他说鼹鼠在荷尔蒙的催动下
发了狂，正在寻找配偶。我不明白他这种想法是打哪儿
来的——恐怕他说的并不是鼹鼠，而是他自己孤独的人
生。在我看来，鼹鼠可能只是偶然发现了一群蠕虫或甲
虫，而这些虫子刚刚找到了一堆线虫或一片腐烂的树叶
果腹。每个个体都有自己的想法，但都不为其他个体所
知。要抓住他们，我们不必了解他们的全部。坦然接受
未知是狩猎的一个重要环节，因为未知开放了一切可能
性，给人选择的余地。对我来说，"未知"世界是所有
可能世界中最理想的一种，它带有一种愉悦感，一种游
戏性，让人乐于迎接变化，乐于欣赏无数花瓣层层交
叠的生命之花[1]，与此同时又不必强迫自己去认识各种
事物的本质。这些表层地道几乎全都是用过一次即被废
弃，每次看到它们，我都只是将它们按回土里。它们不
会对土地造成任何损害，也不会再从土里冒出来。

---

1 生命之花（flower of life），源于古埃及的一种神秘符号，是由多个重
叠的圆形组成的一个花朵状图案，在许多宗教和文化中都被认为是宇宙
和生命的象征。

在树林里，如果你留心观察，常常能看到大树周围围着一圈新旧不一的鼹鼠丘。树叶上的露水滴落下来，导致落叶腐烂，甲虫和蠕虫聚集过来，鼹鼠就会把地道挖到这里。也许他余生都会像地铁环线上的列车一样，围着这里转圈，将地道壁上掉落的食物一扫而光。偶尔他也会另辟蹊径，挖掘支线，但最终总会回到主干道上。

在首都乘坐地铁时，我不时会把自己想象成一只鼹鼠，在黑暗中，穿梭于不同通道之间，偶尔狩猎，偶尔停歇。还有的时候，我是一个前往煤炭开采面的矿工。想必就像很多人一样，我对地铁也是又爱又恨。无论如何，与鼹鼠不同的是，我会迫不及待想要逃离隧道，上到地面。在地下我一点都不自在。而鼹鼠只有在交配时才会离开地道，并且每次交配完都会回来。他可预测的行为、对固定领地的需求以及对变化的厌恶，都是导致他被擒的弱点。

狩猎的第一步就是找到最新的鼹鼠丘，即过去几小时内冒出来的新丘，刚从地表之下来到地面，还未被脚掌或兽蹄踩踏，未经风吹雨淋，土质松软、湿润、新鲜。它们会向我透露他此刻正在哪个位置活动。他会在这些新挖的路线和他常住的主地道之间来回穿梭，所以我要在这中间找一个点将他俘获。

几个月前落到地上的树叶已经开始化为泥土。在一棵橡树下面，雪花莲的嫩芽成片钻出地面，一定是有人种下了它们，我好奇为何要在这片不毛之地种雪花莲。贡品？还愿物？即便是荒野，也逃不过人类的染指。

我的关节和肌肉都在发痛。我不得不服老了，我明白自己不可能一直背得动如此沉重的一包捕鼠夹，也不可能一直挨得住这样的寒冬。也许是时候放手，迎接新生活了。比起工作，我更愿意停下来，看看四周的风景。我提醒自己，这就是我一直向往的生活的一部分，然而看到那片雪花莲在寒风吹拂的山坡上萌芽，我不由萌生出了这样的想法。我无法选择一成不变的人生，世事无常——变化自然而然就会发生。拖拉机车辙里的冰壳在我脚下嘎吱崩裂，光秃秃的树林在寒风中咔咔摇晃，乌鸦呀呀叫唤。膝盖在咔嚓作响。

我向河边走去，准备沿着主地道可能所在的田地边缘绕一圈，以摸清鼹鼠的行动轨迹。顺着河边的田地一路往下，即使此时的温度接近冰点，空气中依然弥漫着河水的气味。气味无论何时都存在。穿过树下的洼地，然后回到栅栏边。捕鳗人的行走路线总是盘旋曲折，就像一座迷宫，最后结束于中心的一点。在那里等待着的必然只有平静与安宁，一切事物都回归其本质，简单又圆满。

我在田间漫步时，总忍不住去注意一些古怪的地方，比如一株巨大的杜鹃花下面，安全又隐蔽，可以在那儿铺上铺盖过夜——我从未改掉过这个观察习惯。无论走到哪里，我都会自然而然地去留意适合过夜的地点。能找到地方休息，让身心放松下来，也许这就是我最重要的生存技能。疲劳是致命的。我心目中最理想的休憩场所莫过于大树下面——什么树都行，除了冬青树——时间是在一个温暖的春夜，当群星开始在黑暗中显现，看着树枝间悬浮的蛛网，等待乌鸦的歌声响起，伴我入眠。

常青树提供了很好的栖身之所，因为它们一年四季都会落叶，创造了气味清新的天然床垫——还因为其树叶含有树脂，腐烂的速度一般比较慢，也能长时间保持干燥，直到被新的落叶层完全掩埋。生物体在腐烂的过程中转化成化学物质和矿物质，同时产生热量。随着埋在下面的落叶层渐渐腐烂，其内部的温度会升高，能将上层的落叶烘干。落叶树只在秋天或干旱时落叶，其落叶会吸收潮气：它们渴望腐烂。大灌木丛是搭营帐过夜的理想场所。松树林更胜一筹。

与鸟儿同眠时，我感觉自己与身边的野生动物是同样的存在，我们出于同样的原因进行同样的活动。我们都只是在忙于自己的生计。我在树篱下，在河岸和海滩上席地而卧。我聆听着海浪把小石头拍到岸上，然后沿着石头缝汩汩流回大海；抑或是河水从岩石之间落向低处，猫头鹰在森林中彼此呼唤；我聆听着船闸里的激流从水闸倾泻而下，看着一片片云朵飞快地飘过废弃的红砖棉纺厂上方，倒映在锈迹斑斑的铁窗框四角残留的无数窗玻璃碎片里，我也随之进入梦乡。

夜里，我常常能听到乌鸫的叫声。乌鸫是一种哨兵似的鸟：它会选择一棵大树，在树顶上占据一个制高点，一边监视四周，一边唱着它悦耳动听、百转千回的歌，但当它看到危险——一只猫、一只乌鸦、一只鹰或是一个人——来临，它就会高声发出警报，让附近所有的鸟和其他生物提起警觉。日暮时分，我会停下来，找个地方落脚，然后安顿下来，不再发出动静，而看着我走近的那只乌鸦也会像我一样放松下来，呱呱唧唧的尖锐嘶叫声一转，重新唱起它那首婉转圆润的歌，一直到夜幕降临，它发出最后一声啼叫，然后落回灌木丛中的栖息地，就像我一样。

我越安静，就能听到越多声音。动物们放松下来：他们知道我在那儿，但并不构成威胁。我的动静越大，大自然就越安静。只要保持静止，我就能摸清周围的环境。我能在黑暗中感觉到附近水域阴冷潮湿的空气，或是一片管理有序的寂静松林，在那里野生动物几乎绝迹，可以找到安全的庇护；我还会侧耳倾听古老林地的喧嚣，里面的每一英寸土地上都栖息着生灵，有的啁啾，有的奔跑，有的飞翔，有的跳跃，有的爬动，有的滑行，还有的只是静静待在一处，吸收着林间的水汽。一场即将来临的暴风雨也有物理重量。

在黑暗中，我可以用耳朵去听，用鼻子去闻，甚至可以用皮肤去感受我的视线远远无法到达的地方。我从未想过要拿手电筒：手电筒意味着消耗电池，而为了填饱肚子，每一分钱都得用在食物上。我记得有一个夜晚，我倚在田边的一棵树上，周围一片漆黑，我忽然听到身旁的田地里有人咳嗽，我松弛下来的身体顿时肾上腺素飙升，进入高度戒备状态。咳嗽声持续了整整一夜，而我一动不动，在原地杵了好几个小时。在姗姗来迟的晨光中，我才明白绵羊咳嗽的声音和人类的一模一样。还有一个晚上，我躺在地上正昏昏欲睡，身旁的树篱忽然传来窸窸窣窣的响动，接着是一阵零碎的脚步声和粗重的呼吸声，原来是一匹马在树篱另一边打盹。

只要不过分挑剔，你总能在河岸上、运河河畔或是田野边上找到地方过夜。我摸索出了让自己睡得舒服的经验。有些地方的树篱修剪得整整齐齐、密不透风，还挖有排水沟，它们就会有效发挥屏障的作用，将我阻隔在外。有些年头更长的树篱是成龄的大树组成，无人打理，有很多缝隙，其背后常常就是理想的歇脚处。这样的树篱往往是被开垦成农田的古老林地残留的遗迹。如果树木足够粗壮，就能给人提供藏身之所，遮风挡雨。有的树篱是两排树组成，中间留有一条空隙，可以在那里搭帐篷，舒舒服服过个夜。黑夜在深沟里逗留的时间更长，我想睡多久就睡多久。

我害怕的动物仅限于奶牛、狗和人。野生动物不会无事来骚扰你。我曾在醒来的时候，发现自己身上趴着青蛙、蜗牛以及各种各样的昆虫，我也曾被昆虫咬过，被黄蜂和蜜蜂蜇过，但都只是我自己粗心大意所致。

一天的跋涉之后，我总是一闭眼就能睡着，然后一睁眼就是天亮。春夜和秋夜漫长，夏天的睡眠总是短暂。我会和鸟儿一起安静下来，看着夕阳沉入西边的水面或山丘，等待日出。随后再跟鸟儿一起醒来：首先是乌鸦，然后是知更鸟，与此同时朝阳从我身后冉冉上升，穿透了晨雾，照亮了青草和树叶上的露珠。我躺在地上，心念一动，觉得似乎会有某种预兆出现。如果我看到了一只喜鹊，可能意味着那一天我能吃到一顿好的。三只乌鸦象征着前方即将迎来一次转折。那时的我还太年轻，还不知道变化永远都在前方等着我，并且从来不会事先发出预告。

夜晚，当我入睡后，我便融入了大地与黑夜，仿佛我整个人都由泥土和黑暗构成。我并非身处大自然之中：我与它之间不存在"交流"——我就是大自然，每一天，从早到晚，日日夜夜，我都与它形影不离，一如我与我的天性[1]一般密不可分。每天清晨，我都会在黎明时分离开我的床铺，顶多再回头匆匆瞥一眼，然后继续上路，永远不会回来，永远不会再拥有那张床，那片风景，不会再经历那同样的夜晚。我睡过的所有地方都是我的家，曾经是，现在依然是。

1　英文中，"nature"同时有"自然"和"天性／本性"之意。

太阳和月亮在我头顶上

日夜旋转

冬至春分夏至秋分周而复始

告诉我何时应工作

何时应停歇

白天转瞬即逝

又是一个晴日

我却觉得萧瑟迟暮

工作让我的一天变得漫长

品尝一口潮湿的冷风和天空

让它在我的肺里转一圈然后吐出

这里的羊首先呼吸到它

我们将共享一些分子

在这片寒冬笼罩的森林边缘

在边缘

让我长出犄角的边缘

这场雨的边缘

在遍地湿叶漫天雨水

转瞬即逝的白昼边缘

在生命与无生命的尽头

在那里刺猬窸窸窣窣

万物腐烂

蘑菇生长

而我的影子缩短

而周变成月

月变成年

年变成一生

在边缘我想起要谨记

心怀悲悯

我再次感觉到联系

季节交替世事变迁

万事万物此消彼长

所有事物同时发出的声音是寂静

所有色彩合在一起的颜色是纯白。

衰老与行走

鼹鼠只在自己的领地内活动，并且对自己的领地了若指掌：他们能记住暗无天日的地下通路，而且行进速度极快。他们似乎是在地道系统的不同区域轮换着觅食，先把一片区域的猎物清空，然后继续前进一天左右。他们动作敏捷，行动迅速。捕鼠夹或其他不请自来的生物对地道造成的改变会惊吓到他们，然后他们就会把出现异常的地道堵住，再转移到同一个系统的另一片区域，挖掘新的地道，制造新的鼹鼠丘。黄鼠狼和白鼬会挖进鼹鼠的地道捕食他们，这时候鼹鼠就会逃走，一边往前逃一边把土往后刨，堵住身后的地道。

在交配季节之外，如果两只鼹鼠正面相遇，没有回避彼此，他们就会为了保卫自己的领地打起来，直到其中一只受致命伤死去。对于拥有领地的生物而言，战斗是天性。鼹鼠最常见的死亡原因是内出血，因为他们的血液几乎没有凝血功能——哪怕是微乎其微的伤口，也会让他们流血致死。有时候不同鼹鼠的地道会相互贯穿，于是相邻地道系统的鼹鼠会冲对方吱吱叫唤，以免狭路相逢，就像在纤道上骑自行车的人会按铃铛，以防止事故发生。

鼹鼠可以在花园的地底下愉快地度过一个夏天，无论有多少只都不会被人察觉，但随着天气转凉，虫子钻到地下更深处，食物越来越难寻觅，他们便开始扩张自己的领地，于是就轮到我被召唤出场了，因为鼹鼠丘会蔓延到之前没有出现过的地方。

成年鼹鼠很少冒险上到地面。出了地道，到了地上，他们就成了迟钝、肥美、毫无防备的猎物，很快就会被捕食。有鼹鼠的地方往往就有乌鸦和其他鸟类，在一旁等待着他们把虫子赶到地面，可一旦逮着机会，乌鸦及猛禽就会把鼹鼠也吞进腹中。家猫和狐狸也会悄悄地守在正在移动的鼹鼠丘边上，只待鼹鼠一露出前爪就扑上去。

大多数情况下，只有春天离开巢穴的幼鼠才会到地面上活动。他们流浪到一个离家足够远的地方，然后钻进土里，开始挖掘属于自己的地道系统，或者如果运气好，他们会发现一套废弃的地道。至于他们如何知道自己已经远离故土，我们不得而知。生物是靠什么选择领地的呢？据我猜测，他们依靠的是自己的嗅觉，当家的味道渐渐淡去，其他鼹鼠的气味彻底消失时，他们便开始挖洞。在此之前他们从来没有挖过洞，这么做要么是出于本能，要么是为了躲避天敌。在旱季，我听说过有鼹鼠出现在土壤层较浅、土地较干燥的草地上，也许他们是在寻找水源或食物，据说他们也会在繁殖期钻出地面，在地上迁移，但我从未亲眼见过。我的领地位于南威尔士和格拉摩根谷一带，这里大部分是土壤层深厚肥沃的农田，鼹鼠都待在地下。

地下的黑暗没有白天和黑夜之分。鼹鼠的活动似乎遵循一个以四小时为单位的周期，觅食四个小时，然后回到分布于地道系统各处的几个巢穴之一，睡上四个小时。鼹鼠丘会在一夜之间出现在花园里，因为夜晚通常是花园最安静的时刻，而在平静的土地上，它们随时都有可能冒出地面。

鼹鼠身躯虽小，力气却很大，他们是凶狠的地下捕手。我曾在书上读到过，他们每天需要吃下超过自己一半体重的食物，一年能吃掉高达二十公斤的蠕虫。

鼹鼠的视力几乎为零。欧洲鼹鼠能分辨明暗，除此之外就看不见什么了：他们的眼睛无法聚焦。像俄罗斯麝鼹之类的其他鼹鼠则完全失明。鼹鼠会从死虫子的尸体上径直跨过去，却能隔着很长一段距离追踪到会动的活虫子，把他们从地道壁上拽下来，或者从地道的地面上抓起来，然后用爪子握住他们，活像攀岩的人攥着绳子一样，先从头部开始把他们吞进肚子里。

虫子去哪里，鼹鼠就去哪里，随着气候变化，虫子被迫迁移到地下更深处，鼹鼠也会跟着下去。即便是最大的暴雨也无法渗透到土壤深处，除非是在山谷里，土地被山洪淹没，或者树很多。雨水从地面流过，被靠近地表的隧道排走：它们如同树木，是自然抵御洪水和土壤侵蚀的途径之一。虽然鼹鼠能用发达的前爪游泳，而且游得很好，他们依然会像蠕虫一样溺死在被水淹没的地道里。无论是鼹鼠还是他们捕食的蠕虫可能对气压都比较敏感。我曾在一个山坡上坐了一天，亲眼看见当气压下降、降雨来临时，更高处的地面吐出了一个又一个新鼹鼠丘。

霜冻比雨水渗透得更浅，至多不过几英寸。在寒冷的时节，鼹鼠照常生活，常常冲破霜冻或积雪，在地面留下一堆肥沃的黑土。鼹鼠不冬眠。地下永远很温暖。

在旱季，当土地干涸时，蠕虫就会去更深的地方寻找自己所需的水分，不消说，鼹鼠也会随之而去。但是，如果岩石上面的土壤层太浅，当干旱来临时，蠕虫就会死亡。一旦有机物质不再生成或循环，土壤就会被雨水冲散或卷走，只留下一片光秃秃的岩石。较浅的土壤层需要树木来固定泥土，提高湿度，并产生落叶，带来生机。如果土壤被冲走，岩石就会裸露出来，长出地衣，以适应氧气含量下降，二氧化碳浓度上升，以及气温和降雨量方面的变化。生命一直存在，一种没了还有另一种，没必要在任何一棵树上吊死。风和水无限循环，作用于岩石和肉身，将万物融为一体。你中有我，我中有你。

当我还是个流浪儿时，刺猬、蟾蜍和青蛙曾与我同睡在一片落叶堆上，如今因为杀虫剂的污染，这些生物正在慢慢消失，而他们的田地和树林也渐渐被房屋和道路取代。我接受了新的生存环境，并逐渐习以为常。我学会了适应连绵不绝的阴雨，适应冬天和夏天的消失，十二月盛开的玫瑰也变得司空见惯。一切都成了常态。

损坏是事物必经的发展阶段。随着我的年龄增长，我的身体在不断解体。我能看到我手腕的皮肉下面涌动的脉搏。我身体里失去弹性的弹簧正在跳动，在它的表面有一个螺旋形状，那里是文身针刺出的几圈卷曲凹痕。

我的心跳自有其节奏，时断时续，时快时慢，时走时停，我按"正方形"节奏呼吸：吸气（五拍）、屏住（五拍）、呼气（五拍）、屏住（五拍），以控制心率，或者至少是配合心率。我如同一个滴滴答答的机械时钟，发条渐渐松开，越走越慢。我靠吃药来稀释血液，防止血栓，也许有一天，凝结的血块会让我忘了自己是谁，佩姬是谁，我的孩子们是谁。我再也闻不到气味了。"没有视力，没有味觉……"[1] 我的目光失去了锐利。这就是天命。

我以前能听到蝙蝠的声音。我耳朵里环绕着将死的感受细胞无休止的尖叫，如果我抗拒这声音，它就会变得无法忍受，可一旦接受了它，我就能进入它的频率，倾听它，与它一同嬉戏。耳鸣。这种啸叫在我的感觉中

1　原文为 "Sans eyes, sans taste"，出自莎士比亚戏剧《皆大欢喜》第二场第七幕的《人生七阶》。

近乎真实，但它并非真实的声音：我能听到，别人却听不到。无论多么灵敏的声音接收机器都无法捕捉到它，它是无法量化的，但它的真意藏在亲身体验之中，就像一杯咸咸的烟熏威士忌的味道。真理永远只存在于体验之中。我能听到鲸鱼歌唱、火车飞驰和箭矢划过空气的幻觉之声。耳科医生告诉我，这些声音一直都会存在，但如果我把注意力放在其他事情上，它们就会消失。如果我盯住一片挂在树上将落未落的树叶不放，想要抓住它从树上离开的瞬间，一个小时就会无声无息地流逝。

我已经基本听不到小鸟的歌声了。我能看到小小的鸟喙一张一合，就像石潭中的河蚌，就像水下静默的龙虾钳或藤壶，就像暮光里的雏菊。至少应该有咔嚓咔嚓的碰撞声才对。我女儿的声音在我耳中若隐若现，高频声波从我的世界消失了。偶尔在夜深人静时会有别的声音出现，我问佩姬是不是也能听到。我们俩有聊不完的话，聊日常生活，聊我们关心的问题。在很多很多方面，我们都需要依靠彼此来分清什么是真实，什么是虚幻。

我的意识也逐渐失去了控制周遭世界的欲望：顺其

自然就好，我是吃忘忧果的人¹。我很健忘，过去的事就让它过去了，也因此我和佩姬几乎没有红过脸，无论发生了什么事——发生过也好，没发生也罢——第二天早上一睁眼就会全部释怀。也许，我的意识终有一天会失去对我身体的控制欲。我已完成了繁衍，大自然不再需要我了。这是我无法回避的个人生态。你也有你的生态，但都大同小异。治疗只是适应变化，接受变化。这一切都是自然规律，我们出生，长大，然后一点一点从这个世界退场。

随着时间推移，我对脚下这片土地的爱不断加深，我爱雨水、泥浆、飞鸟和走兽，甚至爱夏天叮咬我的昆虫，我爱蝴蝶、食蚜蝇、蜻蜓、一群群黄蜂和蜜蜂，还有青草和绿树，也爱我所了解并追捕的鼹鼠，哪怕我将他们的尸体挂在篱笆上，或者扔给鸟儿，或者放回他们的地道。嗡嗡振动的能量表现了生命及其循环。当我带着我的背包从小货车上下来，一只脚踏上湿润的绿色土地，一种近乎性欲的生理兴奋感就会油然而生。

---

1 吃忘忧果的人（lotus-eater），希腊神话中生活在北非附近一座岛屿上的人，他们以一种传说中的莲花果实为食，这种果实具有麻醉作用，能让人忘却往事，终日处于一种懒散、无忧无虑的状态。

炎炎夏日既漫长又让人疲惫，我不会走太远：目标是找到荫蔽和水源。天气一暖和，遛狗和垂钓的人就会出现在纤道和河岸上。我不赶路，步行不是一项运动，我只漫步，哪里都可以是我的家。我可以坐在一棵树下，不被人看见，不被人理睬，直到夜幕降临，所有人都像微风中蒲公英的种子一样飘走了，我又成了孤身一人，等到空气凉爽下来，也许我会稍微走走。

远处的山看上去永远比近处的更白。远远看去，它们在白色天空的映衬下白得几乎看不清轮廓。在这片山丘的尽头，当人和物渺小得几乎不存在时，丘陵的美便达到了极致。如果我倒着走，就能看到一座座山丘逐渐淡去，隐没于云雾中。当我靠近时，它们就会变得更暗，更坚固，背后不断浮现出新的白色山丘。时间慢慢过去，一小时又一小时，一天又一天，我渐渐看清了这片黑暗笼罩的丘陵，开始了解它们在各种光影和天气下的面貌，及其随着道路的转弯和升降从不同角度看去的模样。

我没有计划，没有目标，只是想待在野外，到处走走。我并不打算抵达任何地方，也没有任何地方可去。没有时间限制，没有要完成的事。有的只是脚下的足迹，这一天，这一秒，一口接一口的呼吸，轻轻摆动的门。就这样看一整天风景，除了偶尔吃点东西，天黑了找个地方休息之外，不用负担任何责任，这样的生活有一种令人快乐的自由。

　　在一段长途跋涉中，从某一刻起你不再是你认识的自己，但你不会为此感到疑惑，因为所有疑问也都停在了过去。有一阵子，我的存在只剩下脚步和呼吸。走一走，停一停。一切都烟消云散：生活中所有看似无比重大的无谓琐事。我的身份土崩瓦解。当我与万物融为一体时，我的个性便被抹消了。长时间的行走化解了我对自己、对他人的一切看法，无论是负面还是正面的看法。我彻底放空了自己：无处可泊，无依无靠。余下的唯有去接受、去爱当下。除此之外一切都显得荒唐可笑。我整个童年都在学着向外界展示的"自我"已不知所终，我已经把它抛下太久，以至于再也无法构建任何一种稳固而恒定的"自我"，因为我不知道要怎么做。我无时无刻不意识到，面具后面是虚无的面孔，而虚无的寂静正是世界上最妙不可言、最完美无缺的存在。

我犹如一条河流在不同障碍物之间绕行，根据地形和气温的变化，时而加速，时而减速。有时候我陷入旋涡里，一连好几天都在同一个地方打转。我很少会动去别处的念头，所以从不急着赶路。在一趟五到十小时的徒步旅程中，我一步一个脚印地走着，呼吸野外的空气，看看四周的风景，聆听野生动物或风或河流的声音，而河流蜿蜒穿过树林，树林伸向空气中，空气在我身体里流进流出，流出流进，与我的血液、跳动的心脏和肌肉融为一体，带动我的身体在空气中前行。如此行走一两个星期之后，我不过是空气中的一丝波动，路上一颗落石的扑通一响。

有一天，我离开了纤道，但我不记得是在哪儿离开的了。随着时间的流逝，记忆不可避免地蚕食着自身，将残渣回收并改造成新的模样：我曾是个男孩，如今年事已高。我的脚步踏过乡间小路、废弃的铁道，以及河岸上的小道。记忆的片段里，酸苹果树和山楂树满树花开，引来风携花而去。穿过春夏秋冬，水仙花变成风信子，然后是大片大片的蒲公英，明黄色的头部渐渐化为白色的种子云絮，漫天飞舞，从人行的小道上飘过，叫人难以呼吸。随着白昼渐长，天气越来越暖和，徒步变得越来越艰难，我看到新开的牛眼雏菊与上一年长出的起绒草争奇斗艳，起绒草已脱去水分，变成了褐色，依然挺立不倒。我看着峨参和野胡萝卜从一个个紧握的绿色小拳头里钻出来，膨大成一团团蓬松的白色头部，蜜蜂、食蚜蝇和其他飞虫绕着它们嗡嗡打转，几百万株毛地黄在热浪中枯萎，毛茛在深草丛中散播开来。我路过蕨类植物，眼看那一根根拳曲的小权杖长成了巨大的叶片，颜色慢慢加深，变成褐色然后枯死，留下紧紧卷成一团的小芽，迎接即将到来的冬天，等待明年再次长大。我路过犬蔷薇，见证了它们从红色的玫瑰果变为粉红色的小花，然后又变回绿色的玫瑰果。

灌木篱墙属于最真实的野外空间之一，在这里，百花竞相开放，有蜜蜂和其他昆虫授粉，还有鸟儿筑巢。一条狭长的原始地带，模拟了林地的边缘。树丛边的野蒜散发的诱人香气让我忍不住冒险咬上一口，然后等待中毒的迹象出现。到了后半年，黑莓果实成熟，偶尔还能吃到苹果。我身边全是看上去可以吃的植物：有些是人间美味，可以稍稍缓解我的生存危机，还有一些则会在几小时内要了我的命。但当时我对此一窍不通，直到很久以后，我终于有了一个家，有了地方收藏书籍以学习知识，我才开始把野外漫步当作消遣。

我见过群鸦觅食，成百上千的秃鼻乌鸦和寒鸦面朝南方，像小鸡一样一边大摇大摆往前走，一边在地上啄来啄去。我见过鹰在空中盘旋、俯冲，我知道有的鸟在天上飞，有的鸟在林间盘桓，有的鸟生活在灌木丛中，还有的鸟只待在地面。我见过乌鸫在黑暗的清晨和黄昏飞上树梢歌唱，夜晚落回灌木丛中栖息，白天则到地面上觅食。知更鸟在低矮的树上筑巢，寻觅食物。成群的小鸟在灌木之间飞快地窜来窜去。我见过幼鸟学习飞行。我见过猫头鹰和林鸽，看到他们也在注视着我。我见过羔羊出生，也见过初生的幼崽死亡：一只刚刚生下来的羊羔受到鸦群攻击；幼鸟从巢中跌落；林间空地上的死羊，我在半英里外就闻到了它的尸臭味；一棵树下奄奄一息的狐狸。公路上被车撞死的动物可以按吨计。我了解到，野生动物从来不会舒舒服服躺在床上寿终正寝。

衰老的人独自在古老的山丘上

佝偻的身影行走于树林的边缘

路过弯曲的老橡树和山楂树

水汽弥漫在青苔覆盖的树桠间

太阳低垂天边

我一步一步踏出脚步

留下千千万万个脚印

一个接一个

每个脚印都各自分离

向下看去

长长的蛛丝垂荡下来缠绕着我

一只小蜘蛛落在我的胡须里面

我想像海星一样在刈过的草地上摊平然后让

鸟儿和千千万万只飞虫

带着丝线缚住的我

飞往没有云亦没有心的寒冷天空

趁苍白如骨的严冬

还未降临

一些生命还未凋零

我是橡木且粗壮坚挺

但木头会化成泥

我是这片无荫蔽的寒冷草地的溪流

老狐狸的死会将这片领地

让给一头饥饿的小兽

这只狐狸可预见未来。

繁 殖

鼹鼠的性别很难分辨，因为雌雄鼹鼠的外部性器官几乎一模一样。雌性的阴蒂和雄性的阴茎一样大，长约三毫米，呈粉红色，如果你按压鼹鼠的腹部，它就会弹出来，这样就能看得比较清楚了，但她没有阴道口。

过去，人们普遍认为所有鼹鼠都是雄性，只有到了繁殖季节才会有一半变成雌性。我在书上读到过，雌性鼹鼠是真正的雌雄同体：她们有卵巢，但也有睾丸，可以分泌睾丸酮，导致她们在一年大部分时间都对入侵者充满攻击性，以保卫自己的领地。然而，一到繁殖季节，睾丸酮的分泌减少，雌性就会允许雄性靠近自己，完成交配。睾丸酮水平的下降会使雌性长出阴道。分娩后，雌鼹鼠的睾丸酮又会增多，阴道将会闭合，然后她又恢复了攻击性。

到了二月左右的繁殖季节，雌鼹鼠会在自己的地道系统里挖一个足球大小的巢穴，里面铺满树叶和小树枝。鼹鼠的嗅觉极其灵敏，雄鼹鼠隔着一段距离就能嗅到巢穴中的雌鼹鼠气味，然后挖一条地道直奔她而去，我还听说，有的雄性甚至会从地面上走过去。交配完之后，雄鼹鼠再跑去别的地方，寻找其他配偶。繁殖季节结束后，雄鼹鼠纷纷回到自己原来的地道系统，回归独居生活。二十九天后，大约在四月或五月，雌鼹鼠会生下三四只幼鼠。幼鼠没有长毛，浑身光溜溜的，待在巢穴里喝母亲的奶，直到能以活物为食。幼鼠出生后没多久，他们的母亲又开始分泌睾丸酮。母性的本能逐渐消失，到了晚春，幼鼠长到五六周大的时候，她的育儿工作宣告结束，这时她会将幼鼠赶出自己的地道。幼鼠将在草地上漫无目的地游荡一阵子，寻找食物。在此期间，大部分幼鼠都会被鸟吃掉。无家可归者全都是猎物，不分物种。

自然创造了千百万种事物，填满了一切空白。自然并不关心每个个体，它轻而易举就能创造出更多个体，数以十亿计。每一个人，每一只鼹鼠和蜻蜓，每一株蒲公英，每一片草叶，都会销蚀，会被替代。一旦生命走上轨道，自然就可以不费什么代价、轻轻松松地延续下去，因为一切生物都会繁衍后代。如果一个地区出于某种原因，比方说某个物种的出生率太高或遭遇干旱，导致食物供应不足，该物种就会大量死亡，直到达成某种平衡。

最后，幸存下来的鼹鼠或许会为了躲避鸟类的攻击而向地下挖洞，从而开辟出属于自己的地道，又或许会进入去年被抓住或死于其他原因的鼹鼠留下的空地道。他们开始独立生活，而当他们开始忙于修补旧地道并挖掘新地道时，我就会被叫来捕捉他们。鼹鼠的一生是艰难求生的一生。他们停留在一个地方，吃了睡，睡了吃，然后死去，接着另一只鼹鼠会搬进来，取而代之，在迷宫里跑来跑去，吃了睡，睡了吃。一旦了解这一点，你就能不费力气地抓住他们。

鼹鼠的平均寿命大约为四年：他们一生要经历四个交配季，而就像所有生物一样，当他们繁衍过后代之后，自然就不再需要他们了。英国人的平均寿命为八十一点六岁。人类停止性生活的平均年龄约为七十岁。人类的子女离开父母独立生活的平均年龄随就业市场的形势不断变化。目前在英国，这一年龄介于二十岁到三十四岁之间。

在我右手边，混着泥沙的河水汹涌湍急。今年冬天下了很多场雨，但今天这一带的土地却很干燥，打了一层霜。往北约五十英里处的布雷肯比肯斯正在将它湿漉漉的黑色泥土排到下游。又要下雨了，我能闻到雨水的味道。浑浊的河水挟着灰色的泥浆冲过深埋河底的岩石，夏天水位较低的时候，这些岩石就会露出水面，缠在上面的水草犹如溺死女人的头发在水里缓慢摇曳，将河水映成绿色。

我置身于一片石头围起来的田地中间，身穿厚厚的鼹鼠皮[1]棉衣，天鹅绒质感的布料上沾满了泥，乌鸦围着铁丝网上挂着的羊毛碎片盘旋。风向变了，轻风拂过我的肌肤。

十五岁那年，在被煤炭熏得乌烟瘴气的北方，我退

---

1 鼹鼠皮（moleskin），一种柔软的斜纹棉布，摸上去有绒面革的手感，但并不是用真正的鼹鼠皮或动物皮革制成，因和鼹鼠皮的手感相似而得名。

了学，逃离了鼹鼠的生活：我身高六英尺二英寸，"个子太高了"。煤矿老板说我会撞破脑壳，折断脊梁。我父亲在村里开了一家小酒馆，他想把我送下矿井，让我像身边那些身强力壮、五短身材的汉子一样，整日在矿壁上刮煤。遁世而独行的鼹鼠引起了我的兴趣，但我们不一样，我终究不是鼹鼠。我不适合待在洞里。于是我被送去钢材加工厂做学徒，学习焊接、切割、钻孔、轧辊和弯曲大型钢板。我在那里没待太长时间。一年不到。我被赶出了巢。我走在路上，路上没有家的气息。

那种浪迹天涯的野外生活又在召唤我，等哪天我退了休，不在土地上劳作了（这一天不会太遥远了），我想背上行囊，再去四处走走。可我不忍心离开佩姬太久。当我一天天老去，我的生活慢了下来，进入舒适的节奏，我常常想起野外生活充满艰辛的快乐，以及简简单单的自由，想起当夜幕降临时裹着毯子躺在一堆干树枝或树叶上，透过灌木篱墙中一棵小橡树的树叶间隙仰望天空，看在大树最顶端的枝头歌唱的乌鸫的剪影。

那样的生活无忧无虑。我可以活着，也可以死去，生死无关紧要。甚至有一次，我饥肠辘辘地躺在一个突堤下面，感觉自己快要死了，我不由悲伤起来，但我的理智也告诉我，在那样的情况下悲伤完全是人之常情。告别向来是悲情的。只要活着就无法避免悲伤，不过我们似乎更容易错过快乐。我曾经有意寻死，却一直活到现在，生活自有其安排，而且永远占据上风，所以我不再试图为自己做选择了。似乎一切都不由我决定，我开始对生活放任自流。这样一来，日子就好过多了。教给我这种生存之道的是鸟儿，鸟儿们整天飞翔、筑巢、进食并创造更多鸟儿；还有刺猬，刺猬们终日爬行、进食并创造更多刺猬，然后一个一个死去，时候到了就回归尘土。

我工作了一辈子，建立了家庭，找到了一个家，获得了劳动阶级所能获得的全部安全感，另一方面，我又觉得自己就像乌鸦、蟾蜍、山楂树，就像雨，就像风，我们都是平等的。我就是它们，它们就是我。我从很早以前就不把自己看得太重，不愿将自己与周围的世界区别开来。我不过是亿万生灵之中的一员，普普通通的一只动物、一棵树、草地上的一朵野花，每个个体都有其独一无二的特质，也在其他方面与其他个体相似，每个生命都是大自然努力延续自身的表现之一。哪怕是再平凡不过的存在，其中亦蕴含着深邃的壮美。

　　我懂得如何在围绕我不停旋转的大自然中生存，我心里充满了对它的爱。我信任着它，知道它会按其一贯的方式运转，也预料到其中有危险存在。自然并不关心我们的安危。为了安全舒适地活下去，我学会了提高警觉，为此，我必须让内心的对话平息下来，依靠我的身体来提醒我哪里出了问题。要做到这一点，我必须侧耳倾听，独自一人。

薄暮时分天色昏黄

家中炉火正旺而我却宁愿待在野地

在枝叶下看夜幕降临

于一堵冰冷的石墙

于我早已模糊的视野

黑暗降临时犹如死亡

带来终结，却并不安静

小小的生命蠢动着

在沉睡的大物四周窸窣作响

只有最渺小之物才叮咬

我喜欢在这片树林里入眠

就像我的祖先

睡在动物的土地上

流浪的人

与鸟儿一起进入梦乡

生命用它粗壮的老枝拥我入怀

在长满青苔的橡树下蜷成一团

看着最后一线光芒消逝

细枝轻挠十二月

冰冷无波的平坦天空，而我

感到安全。

氧气

　　鼹鼠生活在阴暗潮湿、氧气稀薄的环境里。挖掘地道是繁重的体力劳动，工作中的肌肉需要消耗大量氧气。鼹鼠血液里的血红蛋白可携带的氧气量远远高于其他动物的血液，而且，鼹鼠还有一个独一无二的本领，就是反复呼吸自己呼吸过的空气，以充分吸收其中的生命气息。其缺陷在于鼹鼠血液的凝固功能很差，容易因失血过多而死亡。我听说研究人员一直在研究如何将修改过基因的鼹鼠血用于人体，真不知那些科学家脑子里都在想些什么。

　　当我跪在地上，挖开一条鼹鼠的地道时，整个地道网络就会在一瞬间涌入大量新鲜空气。鼹鼠无论身在何处，都会很快意识到这一点，并判断有黄鼠狼或白鼬钻进了地道，要来吃了他，所以他会设法弄清楚新鲜空气是从哪个方向过来的，并立即朝那个方向填土。这是身体下意识的反应，别无选择。鼹鼠就像除了人与狗以外的所有生物一样，会逃离危险，所以如果想抓住它，我就得快速移动到另一个位置，用其他方位进入的空气迷惑他，让他无法分辨是哪个方向出现了漏洞。

我工作的时候头戴一顶打蜡棉布做的宽檐帽，这顶帽子我已经戴了好多年。它曾经是绿色的，现在成了棕色，沾满了干掉的土，散发着潮湿的泥土气味。老照片里的捕鼹人永远戴着一顶破破烂烂的宽檐帽。这种帽子是捕鼹鼠的基本装备之一。如果碰上下雨天，它可以挡雨，让我在勘察鼹鼠领地时不被淋湿，但它首要的功能是迅速盖住我挖开的洞，以遮挡光线，并尽可能减少氧气的进入。

我尽量避免在雨中干活。淤泥会粘在工具上，下雨天也不方便动土。如果我本来就情绪不佳，还要粘着一身泥块，跪在雷电交加的泥泞田地里，用冰凉的湿手从洞里掏出湿漉漉的鼹鼠尸体，我的思想都会变得阴暗起来。不过这种状况还是时有发生，因为捕鼠夹一旦埋进地里，我就会想每天都去看看，就算变天了，我也不能半途而废。

我从田野尽头滴着水的冬青树边经过，树叶泛着阴唇般湿润的深色光泽，在冰霜融化后的荫翳里像机油一样又黑又油亮。当我与它们擦肩而过时，水滴溅了我一脸。冬青树的浆果色泽鲜艳，一尘不染，在黑暗中闪闪发光，树荫里有一只知更鸟栖息在枝头，放声歌唱，用响亮的叫声宣示着他对自己领地的所有权。树枝中间有一个椋鸟以前筑的巢，一个嘉士伯啤酒罐，一个薯片包装袋（芝士洋葱味）。树根周围有一圈年代非常久远的鼹鼠丘，一个个塌陷的小土堆上长满了蒲公英和匍枝毛茛。要过好几年，这些老鼹鼠丘才能重新被青草覆盖。鼹鼠把泥土抛到地面，盖住了上面的草，导致它们失去光照，枯萎而死。这些土里面含有种子，无论在何种天气条件下，鼹鼠丘一旦钻出地面，不出几个礼拜就会萌生杂草。有的杂草种子可以在地底下存活好多年，只待条件成熟便破土而出。科学家们还未找到它们生命力的极限——我最近才读到过一千多年的种子发芽的故事。草地总是还没来得及结籽就被刈割或用来放牧，因此青草只能通过已有的根部抽出新芽才得以延续，而在这种情况发生之前，鼹鼠丘里的空间早就被杂草占领了。

这片田地里有表层地道，盘绕在大地上。我径直从旁边走过。我一次也没有在表层地道里捕获过鼹鼠。而在田地深处，鼹鼠的网络更深入地底。

冬青树上的知更鸟是一只袖珍的小鸟，但一定是这个世界上最勇敢的生物之一。他在离我不到半米远的地方，停止了歌唱，扭过头来，先用左眼注视我，然后换成正面，两只眼睛在我身上聚焦。我们就这样对视了一会儿。然后他又叫了起来，而我迈开脚步，沿着田地边缘继续往前走。没等我走远，他就赶上了我，降落在一棵柳树上，又一次在我面前引吭高歌。知更鸟知道人类会翻动土壤，所以会跟着我们，寻找食物。每次看到他们我都很开心，有时我不禁觉得，说不定有哪只还记得我以前来过。

看到我在岸边，有一只鸟——可能是鸬鹚，但他的头是棕色的，我还以为鸬鹚全身都是黑色的——向我展示了他的尾巴，然后向下游飞走了。没有人看着我，没有人看见我，亦没有人知道我在这里，与晨曦中歌唱的鸟儿们在一起。冬日的阳光穿过剪影般的树枝间纵横交错的蛛网，一条条丝线宛如微波荡漾的水面一样泛着粼粼碎光。

我已经锁定了好几块鼹鼠的活动范围：大部分都在田地的边缘，所以会有一些主地道分布在树下。这里的鼹鼠非常活跃。走着走着，我右眼的余光越过右肩，瞥见斜后方有一个人正在看着我，可当我转过身去和他打招呼时，那里却空无一人。上了年纪以后，这种情况常常发生在我身上。也许那个人就是重回故地的我。

我脚上被树叶覆盖的靴子在打霜的草地里留下足迹，谢天谢地，我已经老了。我可以休息，可以慢慢来，没什么大不了的。晚年真好，慢下来真好，再没有什么可害怕的，也没什么要得到，没什么可失去的——我想跳舞就跳舞，想睡觉就睡觉。我在田地尽头转身往回走。重走一遍迷宫般的冗长路线。我想象自己是弥诺陶洛斯[1]。我的鼻子里喷出白雾。

被霜覆盖的蓝色山丘远远地闪烁着微光，穿透了

1　弥诺陶洛斯（Minotaur），古希腊神话里的牛头人身怪，克里特国王弥诺斯之妻与克里特公牛交配生出来的怪物。弥诺斯在克里特岛修建了一个迷宫，将其关在里面。

梣树光秃秃的枝丫连成的牢笼。我的家就在这里。它静止不动，冻霜噬咬着我的皮肤，我爱她给我的刺痛。赤褐色的叶子啪啪作响。眼下一丝风也没有，天空是赤裸的，不着寸缕，我所站立的大地亦然。等待。高空中有一道长长的白色痕迹。从下面看，它移动得很缓慢，但其实正在高速飞往某个更温暖的地方，没准儿？人们远在天上，兴高采烈的旅客们。

我又低头望着地面，继续往回走，一直走到这片田地的高处，我放捕鼠夹和其他工具的地方。

我们在变老，佩姬和我，我们组建了一个家庭，携手走过了一段人生，我愿意待在家里，哪儿也不去。我们是自由的。我们想吃的时候就吃，想去哪儿就去哪儿，只要经济允许，不必征得任何人同意。我们可以面对面睡在一起，不触碰彼此，却能反反复复呼吸对方的气息，直到我们中间的氧气耗尽，最后有一个人不得不转过身或者死去。这些年来，我们之间的爱越来越深。佩姬说，我们的感情是从后往前倒着发展——我们理应在一开始陷入热恋，到现在感情转淡，进入磕磕绊绊的中年生活。她说，大自然以这种方式让我们为分离做好准备。说到这里，她悲从中来，然后她说，悲伤是我们为爱情付出的代价，想到衰老与死亡，想到我们终将失去对方，她的眼眶湿润了，美丽的面庞现出裂纹。

站在人生的转折点上，我明白我的园丁生涯即将走到终点，因为我自己的生命正在减速，正在冷却。我会怀念那些交尾的蜻蜓，他们连起来差不多和我的小臂一样长，我干活的时候，他们就在我耳边嗡嗡作响。我手掌中的天蛾幼虫竖起和我食指差不多大的身体，以示蔑视；当我割草时，狩猎田鼠的鹰在空中兜圈，田鼠则冲向草茎倒下时暴露出的小地洞。草蛇睡在盖着油布的堆肥上；蟾蜍住在墙根；蛇蜥在落叶堆里觅食；蜗牛一大家子栖息在卷曲的树叶里，或像坚果似的成簇聚集在墙壁的缝隙中。我会怀念这些画面。

佩姬希望我不要继续干这活儿了，我在野外没有手机信号的时候，她总是提心吊胆。她怕我"会出什么事"，然后没有人能找到我。我从不跟任何人说我每天要去哪里，我的日记记在手机上，手机则被我随身携带。在丘陵深处的阴影里，我收不到任何信号。我成了一个幽灵，我不是光顾着享受这份工作的乐趣，我也会寻思如果我倒在地上，谁会第一个发现我。我无法不思考死亡，我年纪越来越大，心脏有些毛病，稍微动一动就气喘吁吁。如此种种思绪影响着我的心情，我提醒自己，世界上没有十全十美的事，所有事物都处在永恒的进行时。有感于此，我在手机上写了一首小诗：

我的脑袋是个塞满

枯叶的棕色旧罐子

片片思绪窸窣纷乱

徒然的噪响

我的双脚是灌满泥的旧鞋

哪儿也去不了

＃捕鼹人

我想不出还有什么地方比这里更适合度过我生命中最后的时光。我看着一粒种子从树上掉下来，打着旋落到冻霜上：它没有任何意义——然后，我行走时，知更鸟又在我脚边唱起了歌，阳光洒在我的背上，慢慢地，我的思绪断了线，心情又好了起来。

我谨记要接纳未知，因为未知之物是不可知的，我也不忘让头脑保持澄明，放空思绪，让自己整个身心都装满宁静的大自然，那充满了可能性的丰饶之地。我认为这就是"返璞归真"，回到孕育我的混沌。迈出一只脚，再迈出另一只，反反复复，直到生命终结，此中自有某种神圣的意味。吃饭、走路、睡觉。走在这片土地上，寻找鼹鼠，支付账单，和爱人共度许多个日夜。

我记得自己在一片树林的边缘醒来，躺在松针铺就的床上，凝望随田野尽头升起的朝阳而至的清晨。有一刻，地面和低垂的树枝、树干和草茎，还有树下的零星灌木丛全都变成了金色，明亮耀眼，一切都如此圆满。从地平线射来的灼热光线在一排排井然有序的林木之间投下了长长的树影，接着，太阳猝不及防地爬上树枝，将树林的边缘再次送回影子的世界。圆满总是转瞬即逝。那天，我去寻找树林另一侧的边缘，想在那边过夜，如此一来，当太阳在另一个方向落下时，我就能再看一次这无瑕之美，但想必那天晚上一定有云，因为我的记忆里只有寻找，没有发现。当我想起那片金色的光芒时，其他正在苏醒的记忆也一起涌入脑海。连成一串的珍珠。

在一个天寒地冻的清晨，我在河边醒来，一睁开眼发现自己被浓雾包围，除了白雾里的淡淡微光，我什么也看不清——我裹着毛毯站了起来，毛毯的绒面上粘着成百上千万颗水珠。我在没过胸口的雾气中直起身，低头看向它卷着漩涡的表面。雾太浓了，我连自己的脚都看不见。河岸小道外侧建有防洪设施，当太阳升起时，我可以看到大雾弥漫在整个山谷里，一直延伸到我的视线尽头。树木和灌木的顶端耸立在迷雾之上，伸进了晴朗的天空，旭日将树林的影子投射到雾气上方。这可能是我一生中见过的最美丽的景象之一。即便四十五年过去，时至今日，这一幕依然清晰地浮现在我眼前，仿佛发生在今天早上。

我收拾好东西，犹如一叶扁舟穿过茫茫雾霭，船尾激起的浪花在雾中留下了一圈圈涟漪，白天的温度渐渐升高，我走着走着，身上就干了。

年少时我对事事充满好奇

如今年华逝去一切了无生趣

我拥有的尽是无用之物

最后唯一真实的只有呼吸

抓住当下的渴望支配着我

在它逝去前用五感捕获

为何要努力发光？

当四周是无边无际的黑暗

发光也是枉然

我只想擦亮我的灯

也许能看到自己的影子

也许

映在上面

两块田地外的坡脊上有一辆拖拉机。

司机挥了挥手而我也挥手回应

我的心怦怦直跳，喜悦不已

我一时冲动想要跑过去问好

我已经几天没有见过一个人

开始失语

我好久未听到人类的声音

甚至是我自己的

很多年前我学会了咆哮着

嘟哝着咕叽着说话

把各种各样的食肉动物赶走

是否有鹿角顶穿了我赤裸冰冷的头骨？

我只是移动的呼吸和心跳，不过如此。

我咳嗽了一声，以确认我真实存在

草丛中爆发出一只山鸡的叫声

远处传来农场狗的吠叫声

这些声音传递的唯一信息不过是

"我在这里。"

毒气和死去的往事

雨的威胁暂时过去了，但在今天结束前还会回来。空气停滞了。没有波浪奏乐，没有风也没有雨对我唱歌。就连我耳中的蜂鸣声也消失了。但有一种气味，某种死去的东西，就在近处。

一只秃鼻乌鸦张开爪，缓缓穿过我头顶上方向四面八方延伸至地平线的天空。眼下是十二月，抓鼹鼠正当时。阴霾从我心中消散了，直到发现它离开的那一刻，我才意识到它从一开始就在那儿，我疑惑它缘何而生，从何时开始存在。随即这疑惑也被抛诸脑后，白日亦在流逝，逐渐流进午后。具体的时间难以判定。太阳升起后，一直低垂在云层上方，散射着均匀的光，到了傍晚，又急速落下，我发现当太阳落到云层下面，天空变得明亮之前，气温便在迅速下降。正在化为泥土的落叶散发着浓郁的清甜气息。我们的气味交融，本质混为一体。我在空气里嗅着雨的征兆。雨来了，但在远处。

鼹鼠的嗅觉是他最强大的天赋能力。鼹鼠的大脑很原始：表面平滑，没有褶皱或皱纹，就像蛇的大脑，也与肝脏或肾脏相似。嗅觉是最原始的知觉，也是五感之中最有力量、最能唤起记忆的感觉。如果失去嗅觉，我们大部分的味觉也会随之丧失。我的鼻子常年堵塞，几乎没有什么味觉。雨水和浓烈的腐烂气味我还能闻到，再淡一些的就不行了。衰老是一个关闭的过程。在衰败中，我看到了成长的开端，因为我选择以这样的观念看待世界，世界因此变得优雅，富有诗意；因为我没有信仰；因为我是一个园丁，而衰败是我日常所见。

我记得佩姬跟我说过，我身上很好闻，混合着陈年的烟熏威士忌以及新鲜的汗水和油脂的气味。我在自然中劳作，散发着自然的气息。我的气味一年四季不停变换：青草、薰衣草、腐木、新砍伐的松树、雨水、腐叶、古老宽阔的河流、落在炙热岩石上的雨、湿羊毛、泥浆。猫狗对我欲罢不能。野生动物对我视若无睹，因为我的气味跟他们一样。鸟儿和昆虫停在我身上。瓢虫蛰居在我的衣领里，被我带回家。我喜欢隐于自然。

小时候，我在学校的一本《圣经》（我们家向来不是虔诚的教徒）上看到一幅圣方济各的画像，画中的圣方济各身上栖息着鸟儿，动物伏在他脚边。我想成为那样的人，于是我练习一动不动地站立，平缓轻柔地呼吸。我感觉自己可以像一棵树那样，静静地站几个小时。与鸟儿生活在一起的时候，我可以连续几小时，甚至几天不发出一点声响，就那么安安静静地坐着，无声无息地移动，希望让身边的动物对我放下戒心。四十多年后的今天，当我坐在草地上吃午饭时，知更鸟依然会在我暖和的靴子上驻足，观察我的一举一动。

知更鸟是一道美丽的风景线，受到人们喜爱，但鼹鼠给人的感觉截然不同。人类想尽各种办法来消灭鼹鼠。然而鼹鼠亘古不灭。大多数地方的鼹鼠都能用捕鼠夹捕捉，但在周围没有建筑物、儿童和动物绝迹的私人场所，比如高尔夫球场之类可以封闭起来、雇用专职驻场员工管理的地方，鼹鼠通常会被毒死，方法是由受过培训并取得执照的专业人员将一堆堆磷化铝颗粒放进地道里。这些颗粒从土壤中吸收水分之后，就会释放出有毒的磷化氢气体，理论上这种气体会在地道里流动。地道内几乎不通风，因此气体一般会沉积在低洼处。磷化氢气体会带来一场缓慢而痛苦的死亡，过程长达数小时甚至数天，尤其是当鼹鼠离毒源较远，吸入的剂量较小时。对人类而言，磷化氢气体会导致呼吸困难，灼伤眼睛、鼻子和喉咙，引起恶心和呕吐。皮肤接触到它会被烧伤，不出几小时，肺里就会积聚浓度足够高的液态磷化氢，大约过二十四小时就会让人窒息而死，就像溺水。在田野这种不受控制的环境里，中毒的动物几乎不会像人们一厢情愿以为的那样"安然睡去"：动物实际吸收的剂量是不确定的，因此难免会经受一番痛苦。

藏身地下的鼹鼠被毒气毒死了，上面的高尔夫球手却一无所知，造成问题的鼹鼠丘就此消失。打高尔夫球的人看不见捕鼠夹，也看不见鼹鼠尸体和捕鼹人，一场丑恶肮脏的杀戮就这样不着痕迹地完成。

有一些记录详尽的案例表明，某些家庭的儿童因意外吸入这种气体而丧生，原因是其住所附近的小路被地缝中泄漏出来的磷化氢气体污染了。目前尚未发现有效的解毒剂。

在一株灌木下面，我发现了一直往我鼻孔里钻的尸臭来源。一只狐狸。它身上的毛还很密，所以死亡时间不太长。他看起来像一个老头儿，在这棵月桂树下，他走完了生命的最后一程。他选了一块好地方。

这棵月桂枝叶茂盛，生长苗壮，作为园丁，我一般会在夏末对月桂树篱做修剪和整形。依据惯例，这个时间是八月。这样它们就有足够的时间赶在冬天来临，放缓它们的生长速度前长出新叶。如果在正确的时间修剪月桂树，那我一年只需要干一次就行：要是春天剪枝，到了年末还得再剪一次。月桂树的树叶又大又亮，如果用绿篱修剪机来剪，就会把叶子打得支离破碎，难看得很，所以要想让树篱看上去整齐又自然，只能手工剪枝。最好的方法莫过于用整枝剪一根树枝一根树枝地修剪，但很少有客户愿意为这种手工劳动支付酬劳，因为这活儿很耗时间，所以收费不菲。我运气好，有这样的客户。我有一处月桂树篱要花三天时间修剪，剪完之后，它看起来赏心悦目。我每次都尽量让自己手工修剪的树篱不留下人工的痕迹：我在靠近树叶或树枝的连接处下刀，这样就不会有光秃秃的枝干戳出来，看上去比较自然。举着整枝剪干完这一番机械重复的重体力活之后，我的右手就会罢工一段时间，无法正常活动。五根手指像鸟爪一样向内勾，没法伸直，因为牵动手指的肌腱肿得太厉害了，无法在腱鞘中顺畅地移动。到了第二年春天，我的手一般会恢复正常。

月桂的切口会散发苦杏仁的香味，这是因为月桂的枝叶含有氰化物，过去曾有不知情的园丁被这种毒药放倒。我闻到浓烈的杏仁味时就会走开，等毒气在空气中消散。在平静无风的日子里，氰化物会萦绕在绿篱的树枝间，久久徘徊不去。

斜阳穿透树枝间隙，照得光秃秃的枝丫闪闪发光。小细枝啪地断裂，掉落在我身旁。一只鸢在上空盘旋，小鸟四散开来，漫天飞舞。阴影又变成了粉红色。樱桃树一动不动地伫立在灰沉沉的十二月天空下。一群小鸟像一团破碎的云朵一样飘来飘去，不知该落到哪棵树上为好。另一只只能看见轮廓的鸟儿立在松树的尖顶上，正在引吭高歌。在灰色的云层和淅淅沥沥的小雨映衬下，他的歌声高亢又寂寥。

一到冬季，这个地方就失去了立体感和色彩。威尔士的天空冷硬如铁，煤黑色的饱和雨云沉甸甸地悬在丘陵上方，等待降下。我裹在羊毛外套里，从迎向阳光的枯枝之间穿过，如同泡沫般易逝，一碰即碎。我沿着灌木篱墙一路前进，钻过狐狸出没的地方。对面一片土地上的苏格兰高原牛让我回想起我童年穿苏格兰格子裙的情形，我的苏格兰祖母很喜欢让我穿这种裙子。当父亲说我不能再穿它的时候，我哭了——那年我大概是七岁，还是五岁？我对这段记忆感到疑惑：它并不清晰，时间也很久远，我无法确定它到底是我本人的记忆，还是我从电影或故事里撷取的片段。好像有过一张照片？照片上是五岁左右的我，身穿鲜艳的短裙，腿上套着灰色长筒袜，脚蹬锃亮的栗棕色布洛克皮鞋，牵着我奶奶的手。好像走在游行队伍中？没有人能告诉我真相了，那段缥缈往事的见证者都已不在人世。我手里连一张家庭照片都没有。尽管如此，我依然将这段记忆据为己有，收为己用。

✦

一天晚上，我蜷着身子靠在彭德尔山附近的一堵干石墙边，那里有一座铁器时代 [1] 的坟堆，猎巫时期被抓住的女巫曾在这里被处以绞刑。彭德尔（Pendle）的

---

[1] 铁器时代（Iron Age），考古学名词，指青铜时代之后距今约三千年的一个时代，以冶铁和制造铁器为标志。

"彭"（Pen）是威尔士语里的一个单词，意为"山丘"，算是至今依然在威尔士许多地区焕发着生机的旧北方古语[1]在兰开夏郡的遗迹。我用一张防水油布把自己裹得严严实实，只给眼睛和嘴巴留了一条缝，注视并倾听着暴雨砸在山坡上，它们从黑压压的乌云中倾泻而下，而那黑色的云层仿佛永远无法穿过一个看似没有尽头的永夜。可想而知，而且可能也不言而喻，那既是一种让人几乎无法承受的美，也是让人不堪忍受的孤独。那个夜晚让我明白，美与孤独是两种并不冲突的感觉。一如失去挚爱之人时席卷而来的悲恸，叫人无法承受，最终却不得不承受。

倚着这些古老的石墙，或与它们发生交集时，会让人产生一种与历史相连的感觉，其中有一些石墙建造于四千多年前的新石器时代，由这片岛屿上最初的人类砌成，用来保护粮食作物不被动物破坏，或是将牲畜圈起来过夜。

---

[1]　约一千年前生活在苏格兰南部和英格兰北部部分地区（现在的坎布里亚郡一带）的居民使用的凯尔特语，他们居住的地区被威尔士人称为"旧北方"（Old North）。

有时候在这样的地方，我们很容易想象过去世世代代在此弓身建造、修缮围墙的人们过着怎样的生活。这些围墙是善意的产物，除了阻止动物进出之外，没有其他的功用。当我在这些古老的土地上踽踽独行，在天空下席地而卧时，我从不惧怕远古的亡灵，虽然有时候我不禁觉得他们并未远去——也许就在山的另一侧。多年以后，我跟随一队砌墙工匠一起进入山区，花了一周时间学习砌干石墙以及如何修补它们。

　　偶尔，当我以为自己孤身一人时，周围的空气会出现扰动，感觉就像有人在附近，我的感官就会进入高度活跃状态，以我为中心向四周扩散，如手指探入黑暗，四处摸索。有时候这种感觉会消失，我便躺回去继续睡觉，如果迟迟不消失，我就会一直保持警觉，睁着眼睛直到天色亮到可以上路为止。

　　有些地方会让我的脊背或后脑勺涌上一阵恶寒。有一次我从一座横跨运河的砖砌小桥下面走过，那里本是个适合下雨天过夜的地方，可我脖子上的汗毛忽然竖了起来。我赶紧从桥下穿了过去。也有一些地方让我感觉十分美好，既温暖又亲切，让我很舍不得离开。我曾爬上一段梯磴，穿过一片田野，来到一片小树林，我不知道自己身在何处。那里有巨石深深地陷入土地，它们是温热的。一切都让人心旷神怡，我可以一直待在那里，然后和垃圾一起回归大地。想留在一个既没有水也没有食物的地方，这样的冲动或许也让我感觉到了危险，不过，行动的需要终究还是盖过了留下的渴望。

我无法解释这些好感和恶感缘何而生。对于这类事情，我已经学会用实用主义的眼光去看待，不再试图理解它们。生活充满了太多的谜，答案则少之又少，我不相信答案。相比之下，我更偏爱没有得到解答的问题。归根结底，答案常常是一个人在所谓知识的力量中获得的自我满足。我渐渐喜欢上了未完成的事物。是问题带来启发，探寻着真理。答案往往只是模糊地反映了问题广阔无垠的开放性。不存在任何完满的答案。

这是一种渺小的生活，到最后一切都会归零。我乐在其中。我喜欢小这个概念，喜欢人类日常的奇妙之处。

在这片严酷的空山里别无选择

唯有去战斗去热爱

我已学会热爱战斗

我在学习放手中觅得人生的圆满

它就在吹过此地的风中

风携着我像乌鸦飞往我的命定之所

我的朋友秃鼻乌鸦，所有生物中绝顶聪明的一种

教人如何以不战应战

在强风中他放弃飞翔

他游戏人间随风乱舞

模样狼狈不堪

他落到地面又飞上空中。

我听说风能让你发疯

但我不同，我已脱掉外套

感受它拨开我的衬衫在我的皮肤上跳动。

也许它已将我的思绪带走

也许这就是我爱它的缘由。

毒药和冬天

大约六十年前，杀鼹人的出现威胁到了捕鼹人的生计。杀鼹人为农户清除地里的鼹鼠，收费却只是传统捕鼹人的一个零头。他们随身携带一个果酱瓶，里面装有浸泡过马钱子碱的蠕虫，他们将这些虫子放进鼹鼠的地道里毒杀鼹鼠。传统捕鼹人瞧不上他们：他们抢走了生意，既没有技术，又没有传承，更没有手艺。他们被视作见钱眼开、卑鄙龌龊的投毒小人。至于究竟有没有消灭目标，他们是提供不了任何证据的，而且从长远来看，整个鼹鼠种群都有灭绝的风险。狩猎技术一度被具有大规模杀伤力的化学取代。

这种毒剂并不能杀死蠕虫，但吃掉蠕虫的生物多多少少都会吸收一些毒素。马钱子碱是一种可怕的剧毒，会间接导致吃掉蠕虫或死鼹鼠的家畜和猛禽慢性中毒。

家猫如果捉到因为吃了有毒蠕虫而奄奄一息的鸟，亦会陷入一场极其缓慢而痛苦的死亡。

二〇〇六年，尽管英国政府强烈抗议，杀鼹人极力游说，欧盟还是因马钱子碱对环境的危害而禁止了它的一切用途。杀鼹人失去了收入。马钱子碱停止使用，传统的捕鼹人重新回到农场和花园工作，势均力敌的局面再次出现。

我用一块磨刀石来打磨我工作中使用的各种刀刃和刀具。多年前我买下它的时候，它被打磨得既坚硬又平整，没有一丁点弧度，如今却呈现出平滑的复杂曲线，诉说着我如何使用它的故事。工具会对其使用方式做出反应。时间一长，它就一点一点自然而然地改变了形状，以适应我的工作习惯。有时候我只是单纯地喜欢看着它。把它握在手里。刀刃磨削石头的同时，石头也在磨削着刀刃，久而久之，两者的曲线就会磨合在一起。人也是一样：佩姬和我刚认识的时候，我们俩浑身是刺，动不动就发火，经常吵得不可开交，但经过了这么多年，我们早已磨掉了彼此的尖刺，磨平了棱角，如今我们的曲线完全吻合。

遇到她之前，我挥手，人们视而不见，我唱歌，人们听而不闻。然后佩姬出现了，她唱着歌，也向我挥了挥手。我们都是流浪者，我后来才意识到，在我和她一起长大的日子里，我如惊弓之鸟般我行我素地活在自己的世界，而她一直在暗处守候着我，我却毫无觉察。她比我更擅长狩猎。她给我讲的童话故事里，迷途的孩子最终被人找到，她描述的其实是她如何找到我并看着我成长的过程。一根彩色丝带将她的手与我这只布满文身、伤痕和纠缠打结的汗毛并套着一只普通铁手镯的手永远绑在一起。吾爱[1]。

　　我的口袋里有一支铅笔，它曾经有五英寸长，现在只剩下一截短桩。笔尖钝了，笨拙地写着我的故事。万事万物永无终结。我想，很快我就该拿起那块老磨刀石磨过的旧刀片，把旧铅笔桩削尖，开始描画新的篇章，新的生活。

　　在我走过春夏秋冬、饱受风吹雨淋的日子里，我

---

[1] 原文是"Cariad"，威尔士语单词，意为"爱"，相当于英文的"love"。

的随身之物寥寥无几，而我仅有的身外之物亦随着我日渐衰弱的身体而变得残破不堪。我填不饱肚子，有时饿到了极点，我也会为自己的性命担忧，不过这种时候极少，而且我也越来越善于保护自己。我不动声色地从猎手和恋童癖身边溜走，他们总是在镇上四处游荡，像老鼠一样围着我嗅来嗅去，施展着魅力，寻找可乘之机。当我流浪到布莱克浦时，一个男人提供给我一顿热饭和一张床，他"照顾过许多像我这样的小男孩"；凌晨时分，在曼彻斯特郊外一条无人的街道上，一个衣着光鲜的女人在我身旁停车，企图把我哄上车："你想去参加派对吗?"我嗅到了危险的气息，于是继续走自己的路。城市很有趣，充满刺激，但同样暗藏危险。人们怀有各种各样的欲望，渴望形形色色的体验。

最后，我的袜子磨破了，靴子也磨穿了洞，我这才明白羊毛的价值。羊毛即便打湿了也能保暖。湿的棉布、尼龙或羽毛则会要人命。我昂贵的羽绒睡袋在一场暴雨中淋得透湿，再也不能给我温暖。吸了水之后，它沉甸甸的，搬都搬不动。我把它挂在树枝上想把它晾干，接下来几天我都裹着我的大衣睡觉。羽绒睡袋是一件华而不实的奢侈品，我把它扔进了垃圾桶，然后从一家慈善商店买了一条旧羊毛毯子，这条毛毯后来对我弥足珍贵。它是蓝色的，粗糙又暖和，即便湿了也依旧暖和，而且晾一晾就会干。这条蓝毯子成了我最重要的财产。我想不起它后来去哪儿了。有时候，我真希望我仍然拥有它，只是为了将它抱在怀里，就像抱一个婴孩。

我有时会想念热饮。偶尔碰上手头有钱，我就会溜达到附近的村庄，找一家早餐咖啡馆买杯咖啡，再加一份煎蛋配吐司。身无分文的时候，我便会像小鸟一样趁天没亮去偷别人家大门口的面包和牛奶，或从杂货店顺走饼干，抑或用瑞士军刀撬开一罐豆子罐头充饥。我从来没弄到过勺子或叉子来吃这些东西。

日子一天天过去，我的背包越来越轻，因为我丢弃了自己用不上的东西——一个野餐炉、锅碗瓢盆、一顶帐篷——与此同时我也收集着其他我需要的东西：一个水瓶、一条毯子、一张防水油布。由于不得不把我的全部世界都装在一个背包里随身携带，我很快就明白了欲望和需求之间的区别。我想念书籍，想念有袜子穿的日子。我扔掉了磨破洞的靴子，开始穿网球鞋走路。出发的时候，我会甩掉所有的负累，只带着必需品上路。随着年龄渐长，棱角渐渐磨平，我向欲望做出了一点点让步。我买了太多的衣服，太多的书。

所有渺小的事物用一张毯子覆盖地球

无限多种渺小事物覆盖着这颗湿润的岩石星球

所有渺小的事物都是毯子，都是暖和的。

一边哺育

一边吞食

所有渺小的事物，显微镜下一个个有生命的细胞掩盖
　　着涓涓细流并哺育着地球这块动荡不止且层次分
　　明的石头

所有渺小的事物都会死亡

然后诞生，然后再度死亡

哺育并打造一层层毯子覆盖地球这颗动荡的石头

在它们从生到死从死到生的循环中

在吞食与哺育与死亡与繁殖与生长中，它们造就了地
　　球这颗动荡的石头

威 慑

我家离河很近，从家里出发，沿着河岸步行，途经加的夫城堡，一个小时左右就能到达加的夫市中心。我的两个孩子都已成年，有了自己的家，如今我们家只剩下佩姬和我，我在外面工作时，心里老惦记着她，总想回家。

我的孩子们乘着轻风，飘散到不同的地方，在肥沃的土壤中茁壮生长。佩姬和我创造了他们，他们都是不断增长的人口中的一分子，而人口的增长导致了城镇的扩张、污染的加剧以及乡村的消亡，这一切都让我们对未来充满担忧。我们总是轻易哀悼过去，或希望科学能解决问题。人类是一个充满恐惧的物种。

世界上有很多开阔的空地。苏格兰高地人烟稀少，大片大片的鹿群横扫大地，将目之所及的一切蚕食殆尽，因为我们消灭了过去制约鹿群数量的狼群。再往南，进入大大小小的城市和城镇地带，我们就不剩多少可以撒欢的野外空间了。

我从小就明白，大自然不关心我们的娱乐和生存。除非能像孩子一样有人监护，被人取悦，否则我们都必须积极主动地维护自身的生存，寻找自己的趣味。人们常说为生存而战，但生存并非战斗，而是一场对话。一场持续进行的谈判。"战斗"一词暗含某种攻击的意味，但攻击行为终会将你置于更庞大、更强悍、更快节奏的食物链中。为生存而进行的"战斗"是一场与自我的对话：学着接纳并忍受饥饿、寒冷、疲惫、种种困难和恐惧，同时不断向前进，因为若不前进，你就只能停下来等死，或是像孩子一样依附于他人活着。

生存关乎识别危险，评估危险，以及避开危险。如果你做出了错误的决定，在应当止步的时候继续往前走，你也许会得胜而归，也许会一败涂地，无论输赢，你都将付出代价。在面对充满攻击性的生物或人类时，举手投降几乎是无效的，但当遇到恶劣的天气时，躲避或屈服就成了唯一的选择。

狐狸会挠掉背上的壁虱，猫会舔干净脚上的泥土，鼹鼠会打扫自己的地道。人们努力让自己的房屋保持整洁。他们在排气管里装软管，试图给鼹鼠放毒气；他们往地洞里倒柴油；用汽油点燃鼹鼠丘；用猎枪射击，往地洞里倒漂白剂，塞樟脑丸、大蒜以及其他"驱赶鼹鼠的植物"和鼹鼠反感的物质。我见过有人试遍了所有这些方法，甚至还有别的。但当鼹鼠遇到不喜欢的东西时，它要么把它挖出来顶到地面上，要么堵住地道，另挖一条新地道绕过问题出现的地方。鼹鼠不会被打倒，反而制造出了更多鼹鼠丘。他是生存策略大师，生存法则的第一条就是"绕着危险走"。

风车和电子驱鼠器似乎有时候会奏效。但时间一长，鼹鼠们就会意识到这些玩意造不成任何伤害，然后就会回来。有一次，我正在观察一个很炫的新型驱鼠器，它不停震动着，发出警笛声，就在这时我看到它开始移动，慢慢被推出地道，然后摔在地面上，一边尖叫一边颤抖，而鼹鼠则封上了它刚才所在的地洞。在足球场和高速公路边上的公共停车场里，鼹鼠过着相当幸福的生活。无论多么精巧的噪音和振动发生器，都不过是从病急乱投医的人类手里骗钱的工具，吓唬不了鼹鼠。

鼹鼠真正不喜欢的是压实的土壤。在牛群活动的土地上，鼹鼠丘一般只会出现在牛不会踏足的栅栏周围。定期用重型压路机碾压并给土壤通气的运动场基本不会有鼹鼠叨扰。我有一个从事建筑行业的老客户，我把这个知识告诉了他，于是他开着压路机把他的草坪碾了一遍，然后鼹鼠就离开了，再也没有回来——他们搬到隔壁去了。我失去了一个客户，得到了另一个，一个更为气愤的家伙。

我看到两匹没有套鞍具的红马在山脊上无拘无束地驰骋，长长的影子飞快地掠过结霜的草地，我站在那里看着他们，想成为他们的一员，尽管我现在已经年老体衰，再也跑不动了。我回忆起学生时代跑越野赛跑：我们脚上穿着黑色运动鞋，帆布球鞋，奔跑在山岗上，穿过泥泞，越过小溪。我跑得不算快，但坚持的时间比任何人都长。我不愿停下来。

在这个午后，此起彼伏的鸟鸣回荡在树上和树篱中，传进我的耳朵里。唧唧唧唧，啁啾啁啾，还有其他许多声音。我能听到四五种不同鸟类的叫声，有的在求偶，有的在保卫领地。除了胆大到敢待在我身边唱歌的知更鸟和乌鸫，以及常见的乌鸦、喜鹊、海鸥和鸽子，我都叫不出名字，也分不清哪种叫声属于哪种鸟。而那些成群聚在一起的更袖珍的小鸟只是一团团会唱歌的云，在空中快速翻飞。我曾引起他们的好奇，也曾被视作威胁。如今，我成了再熟悉不过的存在，熟悉到近乎隐身。我是不存在的人，因此，我抵达了人生的巅峰。

如果你想活捉一只鼹鼠，可以去买个人道的捕鼠器。它通常是一根金属管，或者是更常见的塑料管，放置于地道中。它的两端各有一片只能往一边打开的门：鼹鼠进得去，出不来。如果你使用人道的捕鼠器捉到一只活鼹鼠，你就必须想清楚要在哪里释放他。鼹鼠得在捕鼠器里待一段时间。将落难的鼹鼠运送到释放地点也需要花费时间。如果他不能在短时间内找到食物，就会越来越虚弱，然后死去。

鼹鼠在地面上的移动速度本就相对缓慢，饥饿的时候则愈发迟缓。他肥硕的身体扭来扭去，很是惹眼，所以他必须尽快钻到地下，否则就会成为其他生物的盘中餐。太硬或太软、太湿润或太干燥的土地都不适合鼹鼠生存，所以他需要找到自己喜欢的土壤。如果你活捉了一只鼹鼠，却不把他放回你抓他的地方，就等于将他慢慢处死。

有人问过我鼹鼠能不能当宠物养的问题。如果你想养鼹鼠当宠物，就需要以惊人的速度给他供应虫子，而且你永远也见不到他。如果你想让他过上幸福的生活，而不是悲惨地度过短暂的一生，你就得准备一个大约两英尺深、有一座房子的平面图那么大的水箱，里面还得装满肥沃的土壤。

树叶凋尽的枯枝被阳光穿过，闪烁着金色的光芒，过了一会儿便褪去了色彩。我可以看到四英里之外被白霜覆盖、没有一丝风的山丘上，静止的白色风车在等待起风。一切都在等待。只有鼹鼠是例外，他们深藏于温暖的地下，整天除了吃就是挖洞。

我照例巡视了一圈土地之后，又回到了田地高处。这里有不少鼹鼠要抓，而在边界之外，还有更多鼹鼠等待着开春繁衍后代。我可以每年都来这里捕鼹鼠，一直到我的人生终结。我走到第一块领地的边缘，跪在地上准备我的工具：穿上护膝，敲掉几个捕鼠夹上的泥土，拿出泥铲、铁锹和鼹鼠探针。

我沿着夹在泥泞河岸中间的涓涓细流

走向一池腐烂的落叶，

波光粼粼的一潭生命而我不愿

伸手进去

我凝望那混着淤泥的小小池塘

那里有带刺的钳虫滋生

气泡咕噜噜

从发臭的树叶下面冒出

那里是尸体腐烂之处

我也终于发现

我自己的倒影

在水塘里

猎人那张饱经风雨且胡子拉碴的脸

皮肤紧紧绷在日渐嶙峋的骨头表面

回望着我

即便是孩子也知道

从这个世界真正消失的办法

就是紧闭双眼

把世界关在外面

然后越过我的肩

阳光射向水面

漂白了我的倒影

温暖了我的容颜

我感觉吻落在我的额头上

就像一个孤单的孩子

羽毛漫天飞舞。

捕鼠夹与破坏

开始探测捕鼠夹埋设地点之前，我会跪在鼹鼠活动区域外围的泥地上，先设置几个捕鼠夹。我经常要跪在地上：这片土地就是我的教堂。地面很湿润，干涸的土地很少能发现鼹鼠。我穿着鼹鼠皮长裤，昨天干活时沾上的泥土已经干掉了，结成一层壳粘在上面（鼹鼠皮面料由厚重耐磨的棉布制成，就像没有条纹的厚灯芯绒）。我用腹部抵着圆筒，将弹簧带动的抓环向下按，顶住强力弹簧的压力，把松开的绊钩翻过来，以防抓环再合上，然后把绊钩卡在咬销后面——捕鼠夹就此设置完毕。整个过程需要两只手完成：弹簧的力道很大，一不小心，恐怕一根手指就没了。

我喜欢这些词："绊钩""咬销""抓环"。它们让我感受到了传统，让我觉得自己与这门技艺的悠久历史一脉相连，在这个尽其所能剥夺人们归属感的世界里，它们恰恰带来了某种"归属感"。

捕鼠器的历史要追溯到古罗马，当时的人用它们来保护庄稼和庭园。早期的罗马捕鼠器是一个简单的陶罐，罐子中部靠上的地方有一个洞。这意味着罐子里永远只能装半罐子水。将罐子埋入地道之后，鼹鼠就会掉进里面，爬不出来，然后在里面不停地游来游去，直到精疲力竭，淹死在水里。

后来的流动捕鼹人会自己制作捕鼠器，他们用一种有弹性的木棍带动绳圈拦腰绑住鼹鼠。然后他们必须自己动手杀死鼹鼠。之后出现了更复杂的陶管式捕鼠器，同样附有绳子或铁丝制成的抓环。其他更新式的捕鼠器会放出锋利的铁钉，当鼹鼠从下面通过时刺进他们体内。

现代捕鼠器的设计多种多样。我和绝大多数捕鼹人使用的捕鼠器主要分为两种：剪刀形捕鼠夹和半圆筒形捕鼠夹，它们都与早期的木制和陶制捕鼠器有着紧密的关系。这两种捕鼠夹都能有效杀死鼹鼠。好用的现代捕鼠器价格很昂贵：它们的设计和调试都围绕一个目的，即以最快的速度给鼹鼠的要害部位送去致命一击。

我最常用的是半圆筒形捕鼠夹。它看起来像是被截了一半的金属管，长约六英寸，宽约三英寸，将其放入鼹鼠的地道后，这半截金属管就形成了地道的顶部。它的两端连有钢丝环，把它们按进地道底部的泥土里，无论鼹鼠从哪一端进入金属管，钢丝环都能立刻夹住鼹鼠。这两个钢丝环由强力的螺旋弹簧带动，当它们被鼹鼠触发时，就会像爆炸一样猛力向金属管顶上弹起，骤然终止鼹鼠的心跳。这种捕鼠夹很有效，一击毙命。

剪刀形捕鼠夹同样由螺旋弹簧带动，立在地道中间，当它被鼹鼠触发时，一对钢爪就会从两边啪地合上，卡在鼹鼠的胸部，把他夹死。偶尔我会在难以下手的地方使用剪刀形捕鼠夹，比如围墙下面或小径下，因为这种捕鼠夹的体积相对小得多。当我的筒形捕鼠夹都埋进地里，没有多余的可用时，我也会使用剪刀形捕鼠夹。我有时候会在一块地里同时埋设超过一百个捕鼠夹。捕鼠夹不需要任何诱饵：鼹鼠为了寻找食物会在地道里走来走去，只要经过就会触发它。

要捉住鼹鼠，请买三个半圆筒形捕鼠夹。你需要至少三个。尽可能买最好、最贵的。夺走一条生命的代价不应该是低廉的，过程也不该是缓慢的。

佛教徒说，人生充满悲伤，唯一的和解之道就是慈悲为怀。他们说，我们无论做任何事，都应既感到悲伤，又感到快乐。在这片土地上像鹰或刺猬一样活着，自有一番乐趣。与此同时，我们从起点到终点的旅程也伴随着悲伤。我的旅程并不通往任何地方，亦不履行任何重要的使命，它走完就完了。犹如一朵罂粟，萌芽，盛开，褪色，然后枯萎，化为尘土。悲悯之心诞生于喜悦与悲伤的相互作用。怜悯自己的生命，宽恕自己的错误，这就是它的根基。

悲伤永存。我有位朋友曾因一段感情破裂而意志消沉，她说过一句话："玻璃杯碎了，再也修复不了。"但她错了。事物不可能恢复原样，却能获得新生。事物可以被重新创造。世事无常，一切都会自然销蚀，化为齑粉。凡事皆有结局，每一件旧事物中都蕴含着新事物的开始。治愈并非复原，而是关乎接受、宽恕、爱、成长和重新开始。瘢痕组织是生命中不可避免的一部分。

越接近无的事物，就越是娇嫩，也越能触动人心中柔软的部位：一个新生儿、一只刚刚孵化的幼鸟、一位垂死的老人。一个被其他种子穗包围的干瘪种子穗，池塘里漂浮的一片只剩下脉络的残叶，埋在土堆里的一块碎陶片，躺在草丛里的半个蛋壳；沙丘掩埋的一小块兔子腿骨。接近终点的渺小事物。

一个完整的故事从这些事物中爆发出来。风干的种子穗之所以珍贵，在于它化为尘土时传达的悲伤，而它的种子在春天萌芽时又给人喜悦。美是居于悲与喜之间的一种平衡状态，诞生于当下，诞生于观看者与被观看者发生的联系。我的生活中充满了美。这样的感觉从不存在于过去或未来，只在此时此地，在你与此刻的相互作用之中。

清晨有一千只麻雀（我认识他们）

咕咕唧唧，等待暖阳

在一棵光秃秃的树上

一小块云在下着雨

我走进去然后从另一头走了出去

回头望去雨依然在那片草地上

下个不停

然后，碧空如洗，两架飞机划过天际

留痕。一只小鸟飞快穿过一群飞虫

唯一一朵凌乱的云也渐渐散去

一只狐狸在远处嗥叫

叽叽喳喳的鲜艳小鸟猛地蹿起

从一棵歪脖子山楂树

飞到另一棵

又飞了回去

一只猫匍匐着

看我蹲在

未刈的草里

双膝跪地犹如在祈祷

在蓟草点缀的草地

我手里有

一只瘫软的蓝鼹鼠

它柔软的脊背折断在

钢铁的陷阱里。

寻找与跪地

我的地道探针是一根直径约十毫米、长约三十厘米的钢杆，一端连着丁字形把手，另一端磨尖。有时候探针掉在深草丛中找不着了，我就会用一根磨尖的木棍来替代，但木棍的反馈没那么准确，让本就艰难的生活雪上加霜。我把探针涂成了明亮的粉红色，这样就能一眼看到它，但结果还是一样——油漆脱落之后，我照样会把它弄丢。

我仔细观察散布在我四周、离我最近的鼹鼠丘。有一小撮是新挖的，标示了鼹鼠的活动范围，他就在这个区域觅食。树篱两侧各有一簇较早形成的鼹鼠丘，可能也属于同一只鼹鼠的领地，而在树篱下面有一排年深日久、杂草丛生的小土丘，有可能是一条主地道的所在处。

我定睛观察这一组鼹鼠丘，脑海中隐隐浮现出一套弯弯曲曲的地道网络，将这些特征大致串联起来。我试着想象地道的可能位置。追踪鼹鼠时，想象力至关重要，但只有不清晰、不确定的想象才有可能发挥作用。你得想象一片大致的区域，并让图像移动起来，保持变化，而不是试图预判地道所在的具体位置。

由于鼹鼠丘的排列方式是从树篱两侧向外延伸，说明树篱下面可能有一条主地道，所以我先从这里开始探测。找到主地道，就等于找到了埋设捕鼠夹的最佳地点，而主地道可以在鼹鼠丘频现区域的边缘找到，通常沿着围栏或树篱的滴水线延伸。不过，这种地方的土壤里通常布满树根，可能很难挖进里面的地道。

我随身带着一个设置好的捕鼠夹，轻轻地走着，甚至踮起了脚尖。不过，恐怕鼹鼠对我的位置一清二楚。鼹鼠一般不发出声音：他们会尖叫，会发出吱吱声，但几乎传不到人类的耳朵里，他们移动起来也没有声音，反正我是一次也没有听到过，尽管我知道他们从远处就能听到我的声音。我曾亲眼看过一个鼹鼠丘在我视线尽头移动，可我一抬脚，它立刻停了下来。

我把探针插进土里，它从地道顶部冲出去的那一刻，我感觉到它弹了一下，然后戳到地面。通常来说，在精耕细作的乡村土地上，我可以毫不费力地将整个探针插进土里。而郊区的花园常常建在废料、碎石和泥土的混合物上，这些原料从供货商那里运来，倾倒在地面上，深度可能不超过四英寸。我在我感觉会有收获的区域缓慢无声地移动，一边走一边探测地面，我不指望一蹴而就。我在狩猎，我认为有必要对这一过程心怀敬意，必须让自己的心静下来，五感打开。

捕鳗人在实践中训练出了发现地道的第六感。对于他们来说，探测地道差不多和探寻地下矿脉是一回事。有很多次我都只是在一片田地里转悠了一会儿，然后第一次插下探针就发现了一条地道。有一些微妙的线索——太过微妙以至于难以形容——更多的是一种感觉：一种细微的差别，比方说地面的纹理，或是我脚踩的土地弹力略有不同；我的脚步声发生了些许变化；抑或是草的排列方式有所差异，这一般在露水沁润的清晨更显而易见。所有类似的细节合在一起，其程度虽然轻微到无法被意识察觉，却足以让潜意识在内心深处激起一个声音："探一探这里。"最重要的是要保持内心平静，情绪安定。

佩姬称我为"发现者"，她说我是找东西的专家。

每次她弄丢了东西，比方说一把钥匙，或是工具之类，她都会告诉我，而我总能找到。我们俩都假装我有一门独门绝技，但实际上，我认为我只是在帮她找她懒得找的东西而已。

我听过一种说法：在两个鼹鼠丘之间放捕鼠夹是没有意义的，可我在那种位置捕到过很多鼹鼠，新鼹鼠丘下面的地道最容易找到，而且也是鼹鼠频繁出没的地方。事实上，在鼹鼠丘里放捕鼠夹才是没有意义的：鼹鼠也许偶尔会回到这里，但只有在地道需要修补的时候他才会回来。

我一声不响地继续走着，不停地探测，停下，转身，查看地面。我在寻找一条不超过八英寸深的地道。我发现了几条地道，但都超过了这个深度，于是我继续前进。我不会浪费时间和精力把捕鼠夹埋得很深，因为这么做得挖太多的土，鼹鼠就会察觉到动静，然后把这条地道堵上。探查更靠近地面的地道区域要容易得多。

在树篱和第一个新鼹鼠丘之间的某个位置，我感觉到我的探针穿透了地道顶部，然后落到底部，传来轻微的撞击感。这个深度不错，大约五英寸。我在它周围探测，试图找出它通往哪个方向。我越倚赖身体和感觉行动，越少动脑子思考，就越容易取得成功。狩猎是一个双向的过程：土地与我的身体、与我细微到近乎无物的感觉直接进行交流。

找到一条地道之后，我就能埋设第一个捕鼠夹了。我通常会在每一只鼹鼠的活动区域寻觅三到五个适合埋捕鼠夹的地点。我随身携带很多捕鼠夹，最后按捕获的鼹鼠数量计算酬劳，所以我必须尽快逮住他们，否则生活就难以为继。按体型来说，鼹鼠的地道网络之于鼹鼠，就如同我的村庄之于我一样大。如果要把每条街道、每条地道全部跑一遍，想必我和鼹鼠都得花上好几个小时的时间。我再也不跑步了，想必鼹鼠也不会到处闲逛。

我跪在深深的草丛中整理我的工具。绿色的地平线包围着我，太阳低垂在山丘顶上，秃鼻乌鸦在树林中不发一语。

如果你没有一个稳定的住所供应生活资源，比如干净的衣服、足质足量的食物、良好的睡眠、充足的饮用水和清洁用水，死亡的过程就会加快一点，我也终于开始察觉她悄然逼近的身影。当我频繁感觉到她近在咫尺时，我便明白得趁我还跑得动的时候赶紧逃跑了。最终，一个计划在我脑海中成形，计划如下：我将沿着现在的路继续前行，等天变冷之后，我就去海边。随着蔷薇果变红，黑莓成熟，天气转凉，气温下降，白昼越来越短，空气里传来冬天的气息，我意识到是时候回城里找份工作，挣点钱了。我到了海边，睡在海滩上的沙丘中间，然后冷空气真的来了。我沿着海岸线一直走，最后抵达了布莱克浦，这是我小时候居住过的地方，我很有把握能在这里找到工作。

我先是睡在中央码头下面，直到找到一份工作，在一个货栈里给游客推销廉价的小玩意。我已经好几个月没见过自己的脸了，一见吓了一跳：我还没有刮过脸，一头很久没剪的长发却已被太阳晒成了金色，而且不知为何，尽管我很少梳洗，我的外表看上去还挺干净。但是我整个人已瘦成了皮包骨，饥饿感也从痛感升级，发展到了一个我觉得可能很危险的地步，因为我已经不再感到饥饿，却能感觉到自己的身体正在垮掉。

我遇到了几个嬉皮士，他们占了一间公寓，可以让我在里面挤一挤。我还找到了我的初恋女友，而我现在还依稀记得那时候我成天都在睡觉。公寓里有毒品，但我不需要也不想嗑药：我的生命曾濒临衰竭，我曾天天看着落日下无数渺小的事物飞快地掠过缓缓流动的辽阔水面，我也曾见过许多寻常之物展露出令人叹为观止的壮美。我不需要酒精来灌醉自己或麻痹自己的感官——有时候饥饿就足以令我眩晕，而自由足以让我在夜晚的河岸和单行道上放声歌唱。我需要的只是休息和食物，或许偶尔还需要一杯热气腾腾的饮料。

我总是低头看着地面

我看到躲在草丛里的蟾蜍和山鸡
还没等它进入视线
我就感觉到有只狐狸候在一旁等我过去

迷宫意味着我不会迷路
但走着走着就会迷失自我
遇见内心的野兽

太阳升到最高，我的影子缩到最小
燕子和两只乌鸦在我无声的头顶
弯弯扭扭地绕着圈

四目相对时年老的狐狸蜿蜒
穿过深草丛而我们对视
心照不宣地认出了彼此
然后各自前行

走着走着就什么都没了

抵达命中注定的目的地

头顶犄角埋在草里。

一只狗在吠叫

一群鸟在啼鸣

还有昆虫

马儿和他们的苍蝇。

设下陷阱然后离开

鼹鼠的鼻子像狗一样灵敏。我的手在鼹鼠丘的土里搓过，沾满了灰，脏兮兮的。我希望彻底洗去我手上的人类气味。我想融入背景。满地泥泞的时候我会戴手套，但我宁可不戴。捕鼠夹从来都不用清洗，也无须上油，它们通常裹着一层泥土，只有触发装置需要擦拭得一尘不染，以免反应受阻。每次设置时都得检查一下它们的反应速度。我希望它们闻上去只有泥土的味道。

我用我锋利的旧铁锹笔直向下挖，动作飞快，掀起了一块与捕鼠夹长宽相同的草皮。这里的土壤是黑色的，含有少量沙粒，我跪在地上，膝盖湿漉漉的。我挖开土地，侵入我看不见的地下世界：昆虫、蠕虫、树根。我空闲的那只手碰到了隐没于草丛中的一株蓟，被它刺了一下。

我把洞口清理得干干净净，用指关节压实地道的底部，然后掏出挖土时从边上掉进去的少许草屑和泥土。我从张开的洞口窥看向两端延伸的地道，并将手指伸进漆黑的通道中，捞出滚落进去的小土块。我尽量让这里看起来没被动过手脚。如果是不常用的地道，我有时候还能看到白头发丝似的草根垂在里面。不过草长得很快，鼹鼠很可能还会原路返回。眼下这条地道很通畅，看来使用的频率很高。我可以一眼望到底。地道壁上的泥土非常紧实，不是光滑得发亮那种，而是坚硬、磨砂状的黑土，不掺杂任何疏松的散土或杂质。地道底部距地面约六英寸，内部呈圆管状，地面略平。就像伦敦地铁隧道的翻版，只不过直径仅六厘米左右。

我把不锈钢捕鼠夹放进了地道。

无论哪种类型的猎人，都得学会对猎物隐身的技艺。隐身术是最了不起的技能，我从小就习得了这门技能，并在流浪生活中将它磨炼到了极致。

我努力让这里恢复原状，就好像除了鼹鼠谁也没有来过。这一切需要完成得干净利索：地道里灌进了新鲜空气，鼹鼠知道自己的家被撬开了。他正蹲守在某个角落静观其变。如果有事不得不耽搁一会儿，我就会用沾满泥土的帽子盖住洞口，直到我准备好继续完成剩下的工作。我干活很快，先把捕鼠夹设置好，将抓环按进地道底部的泥土里，检查合适与否。接着将捕鼠夹从土里拽出来，清理掉落的土块，再把它严丝合缝地卡回洞里，并用鼹鼠丘的散土迅速把它掩埋起来。

我小心翼翼，不让泥土的重量妨碍捕鼠夹的任何一个活动部件。我希望捕鼠夹能一击毙命，以免鼹鼠受折磨，但又不想让空气和光线漏进地道，所以我只撒了薄薄一层干土把它盖住。我用一片草皮轻轻盖住洞口，以便后续替换。最后，我把一面小旗子插在陷阱边上，以方便我找到它。我站起身来，继续往前走，一边走一边踢散地上的鼹鼠丘，这样一来，到了第二天我一眼就能定位新鼹鼠丘，并能看到当我不在的时候鼹鼠都在哪里活动。

我迅速埋好了捕鼠夹。只要我动作够快，鼹鼠就来不及弄明白发生了什么，过后也就更容易放下警惕。我可不希望鼹鼠疑心大作然后转移到另一片区域。那样的话，我就前功尽弃了。我尽可能还他一个理想的世界，一个符合他期望并让他感到自在的世界。宛如间谍或骗子给目标设下圈套。我让他循着日常的轨道活动，将我的陷阱隐匿于无形，伪装成平常、不起眼的样子——麻痹大意的猎物更容易俘获。别人尝试去抓但没有抓到的鼹鼠会变得很警惕，更不容易上钩，但我很有耐性，他一定会落到我手里。

接下来的一个陷阱，我搞砸了。土里有树根，我必须绕着树根挖进去，并用我拴在腰带上的整枝剪剪开树根。这耽误了时间，让空气灌进了地道。现在我得做出选择：要么放弃这个洞，把它填上，要么继续往下挖。其实已经太迟了：鼹鼠恐怕已经意识到空气是从哪个方向进去的，并且很可能已经堵上了这条地道。抱着一丝侥幸，我还是决定放一个捕鼠夹。完事后我赶紧离开了此地，去别处冷静一下。我希望受惊的鼹鼠把整起风波当成一次偶发事故，一个偶然路过的威胁。我希望他坐下来，稍微放松一会儿。我几乎是踮起脚尖一声不响地走开了，去下一个地方继续埋捕鼠夹，然后再去下一个地方。我试图用捕鼠夹包围他。也许他会发现这个一目了然的蹩脚陷阱，为自己的聪明洋洋得意，然后把捕鼠夹从土里推出来，挖条新地道绕过它或用土把它填上。就这样，他自以为已经解决了问题，处理掉了被他发现的入侵者，接着自信满满地进入我为他设下的另一个死亡陷阱。然而这一切都只是我单方面的幻想。

我把灰色的金属捕鼠夹连同它的环、钩、弹簧、触发器一起埋进黑乎乎的砂质土壤里，剩下的就只有等待，等它完成破坏。它会守在那儿，然后"咔嚓"一下，一条生命戛然而止，一个活物支离破碎，再也修复不了。没有办法把它重新拼合在一起。它只会被抛在一边，被乌鸦啄食。我早已成为这条食物链的一部分。

我口袋里还装着之前捡到的陶瓷碎片，它让我想到了家人，我、佩姬，还有我们已离开家独立生活的孩子们。这些散落的碎片曾经属于一个整体。它是三角形的，就形状和大小而言，几乎刚好可以放入我左手掌心三条深纹中的两条之间。我再一次惊叹大自然居然如此频繁地复制自己。

我开始建立一种新生活。我已经学会了将失落感抛开，洒脱地放手。纺织这件外套的羊毛出自绵羊身上，绵羊吃前面那片草长大。和我有相似面孔、说相似语言的人将羊毛捻成毛线。它很暖和，摩擦着我的皮肤，闻起来有羊毛脂和泥土的味道，看上去是大地的颜色。它会腐烂，变成土壤。活着的时候，我以其裹身；死了以后，我与之融为一体。穿着从泥土中生长出来的天然材料，我通过皮肤，通过劳动与大自然发生联系，让它保持生命力。它给了我温暖，随着严冬渐近，每一个在土地上劳作的人都能从他们内心深处和他们扭转的生命能量中感觉到，庆祝的时刻即将来临。我肩上这件羊毛外套终有一天会千疮百孔，但此时此刻，它仍然是披在我身上的一件温暖外衣。停手的时候快要到了，也许会永远停手，也许会一直停手到下一年冬天来临。

对一个像我这样的人来说，这一生足够美好。

日光已开始消逝，是时候往家走了。家里空荡荡的，佩姬去了别的地方。

到了二月末，和我一起非法占房[1]的嬉皮士们开始让我神经紧张。我很感激他们，但他们之间口角不断，于是我决定卷铺盖离开。我换上了崭新的帆布鞋和袜子，口袋里装满了在货栈工作赚来的钱，又一次上路，

---

1 指非法占用公房或空置房屋居住。

沿着海岸线和海滨小城流浪，然后辗转到内陆一些乡村小镇换换环境。我越来越心安理得地做一名流浪汉，也不再以蓬头垢面为耻。尽管如此，我走的路大致上还是和前一年一样：乡村、河边、海边、公路边和林地，然而这段旅程在仲夏时节走到了一个转折点，我身上的衣服开始烂成碎片，不仅如此，我还意识到自己的牙齿状况很不妙。野生动物若是失去牙齿，就等于生命完结。我需要把自己收拾干净，寻找一个家，开始一种不同的生活，于是我一路走到曼彻斯特，找到我疏远的亲人，跟他们拉近关系。

这花了我几个月的时间。我并不着急，但受过几次误导之后，我便循着记忆，认出了多年前来过的街道，然后挨家挨户地敲门，终于找到了我外祖母。她打开门，让我进屋，放热水让我洗了个澡，还给我做了煎蛋和薯条，一句也没问我去过哪儿。当时我还差几个月满十八岁。一个星期后，我来到曼彻斯特皮卡迪利火车站的一间办公室接受面试，应聘一个信号塔里的岗位。接下来的七年我都在铁路上度过，然后辞职去了艺术学校。我补好了牙齿，将其中一颗换成了金牙。

一提起这些暗淡无光的记忆，我就忍不住想美化它们，用袖子去擦拭，让它们重新焕发光彩。可它们太过久远，丢失了许多片段，残破不堪，我再也不想要它们了。它们已经有了锈渍，应当原封不动地扔回抽屉。回想并写下这些往事的时候，我将自己的历史带进了当下，我一直被噩梦缠身。是时候从不堪的过去走出来了，过去违背了我的天性，那里不是我生活的地方。

我曾无数次在无声的死亡中睡去又惊醒

在噬咬与尖叫的不过是生命

我看到它出现在田间和树林和绿篱

我曾几百次，甚至几千次为它送行

但只有一次会留给自己

自然并不仁慈

老獾牙齿掉光后慢慢饿死

当它瘫在地上并咽下最后几口气

老鼠们啃咬着它柔软的肉体。

我曾见过

一只老狐狸冻死在一棵秃树下

烂穿了屁股

我曾见过

刚出生的小羊羔还没学会站立

就被乌鸦啄出了眼睛

我曾蹲在一旁看着这一切发生

我曾见过白骨

失去魅力的肉体

死亡与自然中的生命同在

寂静却不冰冷

温度来自四周的泥土

或温暖，温热的血

他没有什么可怕的

他是教会我生活的虚无

也教会我饮酒与爱与唱歌跳舞

教会我走我自己疯狂且简单的路

直到有一天他的到来

将结束这放浪无羁的爱

犹如一位慈爱的父亲

他将带我回到故乡我母亲身旁

若生命是爱情，死亡亦是

我反反复复坠入爱河。

杀 戮

　　我想象一根和你父亲的拇指一样粗的钢筋，以步枪子弹的速度击中你的胸口，心脏上方的位置。你的肋骨塌陷，心脏瞬间停止了跳动。

　　进入捕鼠夹后，鼹鼠首先感觉到的是一个像树根一样垂下来的东西。他会试图把它推开然后通过。这也是他生命中最后的感觉。他一推，悬在空中的触发线就会摆出去，微微带动长杠杆另一端连着的一个灵敏的小绊钩，释放锁住巨大弹簧的弹簧栓，弹簧在一瞬间爆发，拉出埋在鼹鼠脚下的粗钢丝环。整个装置就是一系列杠杆和弹簧。鼹鼠用鼻子推开的触发线与杀死他的钢环之间的距离经过精密的调节，使钢环能直接命中他的心脏，一击毙命。有时候，速度太快的鼹鼠会在触发捕鼠夹之前进得更深一些，导致腹部被夹住，他的死亡会来得更缓慢，也许需要几分钟时间。

第二天早上，我走到地里检查捕鼠夹的情况。我带上了小铲子，也许用得上。一层雾气低低地沉在地面，旗子和几个新鼹鼠丘从里面冒出头来。我轻手轻脚地走到每个捕鼠夹跟前，用手拂去散土，检查它是否弹上了。如果是，我就把它从土里抽出来。

在我搞砸的那个陷阱里，捕鼠夹已经弹上了。我把它抽了出来，发现鼹鼠把一坨土块推了进去。鼹鼠意识到有外来物侵入了他的世界，于是决定从它旁边或下面挖一条新通道绕过它，然后在更远的地方连回这条地道。没关系。我跪在地上，倒掉捕鼠夹里的泥土，清理洞口，然后把捕鼠夹重新放了回去，就像把它放进一条新地道一样。这么做可能没什么意义，因为从逻辑上来讲，鼹鼠没理由再回到这个位置了。他认为自己已经把这里封住了，于是这里便不复存在，成了过去的事，他已经开辟了一条新路线。然而捉鼹鼠需要偶尔有些奇思妙想，我就曾经这样捉住过鼹鼠。也许他们只是受自己太过旺盛的好奇心驱使，也许他们不知道过去为何物。

在同一块鼹鼠领地，我又抽出了另一个弹上的捕鼠夹。里面有一只鼹鼠。他很可能就是发现了上一个陷阱并把它堵上的那只。夹子卡在他的心脏周围，他浑身冰冷，已经死透了。他应该是在我埋下这个捕鼠夹之后没过一两个小时就进来了，然后在进入的一瞬间一命呜呼。我按下弹簧，让他的尸体落到地上，然后重新设置捕鼠夹，把它又放回原处，以防有另一只鼹鼠进入这条已经空出来的地道，反正我也懒得单独带一个捕鼠夹回去。我会把它留在地里，等到最后一次性把所有捕鼠夹一起带走。我不得不把鼹鼠探针当拐杖撑着我站起身来——因为常年猫着腰跪在地上，我落下了背疼的毛病。等明天我再回来的时候，这块领地上应该就不会再出现新鼹鼠丘了，也不会再有弹上的捕鼠夹。我把他的尸体放进我的袋子里，然后前往下一个领地，下一个陷阱处。

有时候我的捕鼠夹会被獾或狐狸偷走，他们会嗅到猎物的气味，然后把捕鼠夹从地里挖出来。他们会把现场搞得一片狼藉，煞是刺眼，运气好的话，我会在田野更深处找到弹上的捕鼠夹，里面空空如也。

在繁殖季节，当我从土里抽出捕鼠夹时，偶尔会看到里面有两只鼹鼠。他们永远是面对面，好似要接吻，却没怎么吻上，鼻尖相距一英寸。他们共用同一条地道，也许在寻找配偶。

我手里有一只死鼹鼠。我能透过他脖子和肩上的肌肉摸到他前肢短小而结实的骨头。我把他翻了过来，他重重地落在我的掌心上，冷冰冰的，他的腹部有一条淡淡的金色条纹。我按了按他的腹部，一个粉红色的生殖器从里面弹了出来。我无法判断他的性别，要确定这一点，唯一的办法就是把他剖开，看能不能找到卵巢。

我以前剥过几只鼹鼠的皮，并把皮保存起来，想看看能不能用它们做点什么，我用一把锋利的小刀沿着鼹鼠的腹部轻轻划开，把皮从包裹内脏器官的薄膜上剥下来。我下手很小心：没有流血，仅留下一团光裸的鼹鼠。一个半透明的袋子，一端装的是结实、充满血液的粉红色肌肉，另一端是软绵绵的蓝色内脏。全是肌肉和脏器，没有一丁点脂肪。鼹鼠皮又薄又脆弱，经过晾晒风干，最后变成约四英寸见方的半透明薄膜。我有两张，放在书桌抽屉里。它们没什么用处。在人们用动物毛皮做衣服的年代，鼹鼠皮被皮货商奉为珍品，有些喜欢使用天然材料的飞钓[1]爱好者至今仍在用鼹鼠皮绑鱼饵，以上面的少量毛发模拟飞虫身上的毛——一张鼹鼠皮可供飞钓人使用很多年。旧时的捕鼹人可以将鼹鼠皮卖给皮货商，赚取一笔不菲的外快。如今鼹鼠皮已经失去了价值，取而代之的是长存不灭的塑料织物，我时不时就能从地里挖出一块破破烂烂的塑料布。鼹鼠肉的口感据说不太好，当然我是一次也没有尝过。

这一天，我在这块田地上一共捉到了八只鼹鼠。所有捕鼠夹都已重新设置好，放回了原处，明天我会再来检查一遍。离开时，我又一次踢散了鼹鼠丘，以便于识别新鼹鼠丘。在返回小货车的途中，我从包里掏出八只鼹鼠的尸体，扔进树篱喂乌鸦。

这份远离尘嚣的工作让我感觉自己就像一头野兽，我收获了很多，也失去了不少。我认识了自己的本性，而在一天的工作结束后，我回到家，冲完澡，换回人类的衣装。有些事只能通过与他人的交流才得以表达，没

1　飞钓（Fly fishing），是起源于欧洲的一种钓鱼方式，这种钓法一般使用重量较轻的鱼饵，比如小昆虫或其拟饵，利用鱼线的重量将其抛到水面，然后通过抽线来模拟昆虫在水中挣扎的动作，以吸引鱼上钩。

有交流就没有人性。所有生物里，只有人类才会表现同情心。我厌倦了孤单度日。我厌倦了独自一人在这座迷宫中行走。

我手里握着从鼹鼠丘里捡到的陶瓷碎片，它的形状差不多是个三角形。今天早上我在自己的口袋里摸到了它。它的颜色是白中带蓝，小小的一块，却沉甸甸的，厚厚的奶白色凝固物，夹杂一丝淡淡的蓝，如同牛奶里有时微微泛着的乳蓝。也许它曾是一个盘子的边缘，一边是光滑的弧面，另一边是裂口，锋利而粗糙。上面的花纹是褪去的蓝色——也许是某种花朵的残骸？它太小了，叫人想象不出完整的图案，它只是一块残片，宛如一片叶子。感觉有些年头了。它曾经被人使用过，某个人类。也许有一位老太太曾吃着它上面盛着的肉和蔬菜，也许它曾被摆在橱柜里，直到有一天摔碎了，然后被丢弃。

我想回家，和我的瓢虫夫人[1]待在一起，她曾被我

1　原文为 ladybird，七星瓢虫的英文"ladybird"起源于中世纪，由圣母玛利亚得来，因为圣母玛利亚的早期画像总是穿一件红色的斗篷，于是人们就把她的红色斗篷和常见的七星瓢虫联系起来，并把瓢虫身上的七个黑斑看作象征圣母的"七喜七悲"，因此当时的欧洲人常将瓢虫称为"Our Lady's bird"（圣母鸟／我们夫人的鸟）。作者在这里借此词一语双关。

伤害过，却修复了自己。一位妻子、一位丈夫、一只猫，在我们渺小的生活中，我们可以自由地相依为命。

我的家庭。这几个字在我眼里显得有些陌生。

有一只刺猬

一脸麻点，一身闪闪发亮的青黑

贪婪的可恶壁虱从它身上经过

我想用手指把它们一个个捏碎

就像爆浆的蓝莓

寄生虫咯吱一声死了

喷出新鲜的刺猬血

尽管如此，它们也有权利生存

如同刺猬还有我自己

毕竟，我们都，只是凭幸运

活着，或不活，或者死

于是我放过了刺猬和它身上的虱子

今天早上磨出了水泡的双手

因为一直握着铁锹而像鸟爪般攥起

再次钩住锹柄

一阵生疼

但不足以抵消清风夹杂

雨水味的愉悦之情。

堡垒和蠕虫储藏室

　　我说过，鼹鼠不住在鼹鼠丘里，但事实并非总是如此。有一种很少见的特殊鼹鼠丘会被鼹鼠当成住处。到了繁殖季节，我时不时能发现一个非常大的鼹鼠丘，可能有一个翻倒的手推车或一头羊那么大。在较浅或积水的土壤里，繁殖期的雌鼹鼠挖不了地下巢穴，可能就会选择堆一个超大的鼹鼠丘，并在里面垫上干草和枯叶。捕鼹人称其为"堡垒"。如果你的花园里有一个堡垒，那你可真是太不走运了。

　　我曾被叫到一个小花园去解决鼹鼠问题——那里有一片修剪得平平整整的英式草坪，草坪铺在一层浅土上，下面填的是建筑用的碎石，它就在那片草坪正中央，看上去就好像有人用手推车在那里倒了一两车新土：一个巨大的堡垒。在这个巨大的鼹鼠丘周围散布着几十个刚形成的普通鼹鼠丘。一只雌鼹鼠从栅栏外的运动场边缘来到这里安营扎寨，将远远近近的雄鼹鼠都引了过来。我连续数日每天都往那个小花园跑，一共从地里抽出了二十四只鼹鼠。最后整个花园都需要挖开，重新铺一遍草皮。

不消说，鼹鼠还会回来的。栅栏另一侧密密匝匝的树篱必然会在未来许多年里孕育出源源不绝的幼鼠。

鼹鼠有家业。不多，但确实有：一个熟悉的家，带有卧室；一份稳定的工作，内容是定期有计划地打扫卫生和采集食物；一两个用来保存食物的储藏室。

蠕虫拥有一种令人羡慕的能力，当它们失去原生的头部时，能长出一个新头。这个过程大约需要四到六周的时间，但在头部再生期间，它们没法打洞。在虫子大量繁殖的季节，鼹鼠会在地道壁上挖出一个小房间，然后抓来大量虫子，咬掉它们的头，把它们放在这个地道空间里，让它们缠扭在一起。我们将此空间称为"蠕虫储藏室"。这种现象相当常见。一套地道系统中可能存在多个蠕虫储藏室。

蠕虫和鼹鼠一样，也没有视力：他们能感知日光以避开光，却看不见任何东西。他们通过身体上的细毛感知世界。蠕虫也是雌雄同体。

此时，寒冬开始变得刺骨，白天又短又潮湿，我真是受够了。让我魂牵梦萦的野外世界已与我融为一体，铭刻在我的皮肤上、我的细胞里，构成了我个性的一部分，可我依然感到寒冷。寒冷是一种新的体验，开始给我造成困扰。我是北方人，以前无论多冷我都能忍耐，对此我一贯很自豪。

在这样的日子里，我想要蜷缩起来，和家人待在一起。我的世界正在发生变化，我正在接受一些永远不可能发生的事，并积极拥抱我从未想象过的事物：突如其来的另一种自由，来自曲终人散之后留下的一片空白，一块需要填补的真空。我们养大的孩子已离巢，有了各自的家。他们的衣服、数码产品、书籍、光盘、脏碟子、装满袜子的洗衣机、为一大家子人供应食物的大煎锅、多余的大衣柜——全都消失了。如果不想回家，我们尽可以彻夜不归。再也没有非回家不可的理由。随之而来的是一种新的自由，却让人备感熟悉。那种似曾相识感：走在一条乡间小路上，没有目的，没有目标，只是单纯地活在当下，沉浸于周遭世界的美好。

回首我支离破碎、被迷雾笼罩的历史断片——其中满是破裂的家庭、失败的关系和残缺不全的事件——我看到了一条通往圆满的道路，一种将我引向自我修复的重力。往前看，我虽然看不到未来，这种吸引力和求生意志却让我跌跌撞撞一路向前，与此同时，我身后的裂缝也一点一点被填满。每一天结束时，我都感觉很充实，也许这不仅仅是一种接受变化的过程，而且是另一种形式的"生成"。

于是我又看了一眼这片田野，眼下它被峨参的枯茎和荆棘包围，泛着涟漪的河水在我身旁奔流而过，我思考着走路是怎样一回事，无非是将一只脚放在另一只脚前面，重复一次又一次。

身后的树林充满高亢的鸟鸣

盖过风吹树叶的白色噪音

一波接一波的声浪宛如秋天

蓝绿色大海浪尖翻滚的泡沫

而我想起

你曾是阳光的日子

我将你抛向空中

让你的光洒在我身上

你永远高悬在半空

永远是星星的形状

远在你的身后

在现在的你的身后

有我曾经认识的另一个你

来自那捡贝壳和拼乐高的岁月

为食物和睡觉时间和衣服和学校和一堆麻烦事争论不休

我好奇在我身后会留下什么

还有一个我不认识的你

你生活中的其他以及你的感受

现在你似乎对我需求甚少

可我依然需要付出

你肆无忌惮的野蛮活力来自市井

在那色彩缤纷的地方不经意就遇见

为橘子讨价还价的邻居

我甘愿当个看客，看着你移动的身影

你眼中的未来，是我眼中的过去

我想告诉你这条路何其短暂

但还不是时候，你还是不知道为好

我不愿让你承受虚无之重

我反倒想赠你羽毛

我日日向你展示对你妈妈的爱

我看到了当佩姬和我齐声欢笑

并拥抱彼此的时候

你也笑了起来

我希望这几片羽毛足矣

再没有什么可以留下

没有多少东西。

捕鼹鼠的历史

    欧洲鼹鼠在英国和欧洲大部分地区都很常见。鼹鼠是一种古老的生物,由四千五百万年前的类鼩鼱祖先进化而来,曾在长毛猛犸象、大型猫科动物和尼安德特原始人脚底下掘过洞。我们现代的欧洲鼹鼠早在冰河时代之前就存在于此地,以蠕虫为食。蠕虫统治这片大地的时间更长,远远超过鼹鼠。

    公元前五十四年左右,不列颠群岛出现了最早的捕鼹人:他们是一群罗马人,不愿坐视葡萄藤和其他农作物被鼹鼠连根挖起——他们希望种出无瑕的花园。从此以后就有了捕鼹人。我捕鼹鼠的方法和罗马人是一样的:研究他们的行为,探测地道,然后跪下来埋设捕鼠夹。捕鼹鼠的原因也相同。唯一不同的是,我的捕鼠夹要稍微先进一点。

在中世纪，捕鼹人是游民，流浪于不同城镇之间，在有主的土地上寻找鼹鼠丘，挨家挨户敲门，捕捉鼹鼠以换取酬金。有些早期的捕鼹人在当时的民众看来拥有近乎魔法的力量：他们的身份是贤人和给人治病的术士，将鼹鼠前掌和鼹鼠皮当作护身符出售，并制作魔药贩卖。在那个年代，一点虫害都可能被视为嫉妒的女巫作祟，捕鼹人自然而然就成了人们眼中的歪门邪道，仅凭木棍和绳子就能设下陷阱，逮到"覆地者"穆迪瓦普[1]——隐秘且黑暗，似乎没有眼睛、没有耳朵也没有性别的庄稼破坏者。

中世纪的捕鼹人辗转于一个又一个农场，一座又一座村庄。有时他们驾着马，乘着大篷车旅行，但通常都只带着一个包裹、一根竹竿徒步行走，像少年时代的我一样在树篱间过夜。也许我命中注定要踏上漂泊的旅程。他们的竹竿一端削尖，用来探测地面，另一端连着一个扁平的小铲子，用来挖进地道。他们会把抓住的鼹鼠尸体挂在篱笆或灌木丛上，以便农场主按其数量计算

1　穆迪瓦普（Mouldiwarp），中古英语里的鼹鼠叫法。

报酬。时至今日，这样的景象依然能在一些农村地区见到，我自己就曾这么做过。有时候乌鸦或狐狸会从栅栏上叼走尸体，捕鼹人就拿不到钱了，獾也有可能把捕鼠夹从土里挖出来叼走。这些风险都算工作的一部分。

捕鼹人的收入一直很丰厚。维多利亚时代的捕鼹人从社区领取年俸。一个捕鼹人可以同时为几个教区工作，有人因此发家致富。捕鼹人对自己的看家本领严防死守，以防止生意外流并伺机扩张自己的地盘，如果受到逼问，他们也不介意散布一些错误信息。

根据在世者的回忆，流动的捕鼹人会在不同的农场之间走动，传递邻村的消息。我有个邻居是一位威尔士农场主的女儿，她依然记得"推奇瓦"[1]到来时的情景：人们将他安置在农舍，给他提供食物和一张床，直到他完成工作为止。

我第三次去地里检查捕鼠夹。没有新鼹鼠丘出现。任务完成。我是按只计酬，即每抓到一只鼹鼠就收一份固定报酬。如果一只也没抓着，我就一分钱不收。这种

1　推奇瓦（Twrchwr），即威尔士语的捕鼹人。

情况一次也没有发生过。我可以将账单交给客户，把剩下的鼹鼠丘耙开，撤走所有的捕鼠夹了。我走进田地里，从最近的地方开始回收捕鼠夹。没有内心探索，没有迷宫漫步，没有动物，只有一个男人，从地里拔出一块块金属，敲掉上面的泥，把尸体收集起来。手上干着这些简单的工作，心里只想回家取暖。喝杯威士忌，舒舒服服地蜷起来。我又挖出了五只冰冷的鼹鼠尸体。

我从地里抽出的一个捕鼠夹紧紧夹住了一只鼹鼠的肚子，他还活着，蠕动着想要逃走。他会受内伤，会死去。如果我什么都不做，他将经历一场缓慢的死亡。我别无选择。

我的心跳骤然加速，对这只鼹鼠的苟延残喘感到莫名的愤怒。我一点儿也不喜欢我接下来非做不可的事。我的美好世界被打碎了，工作的乐趣被剥夺了，挫败感涌上了心头。我把他从夹子里放了出来，让他滚落在地上，痛苦地抽搐，我不得不跪在他旁边，用泥铲的背面猛敲他的头。我狠狠地打了他五下，他才咽气，他的鼻子里渗出了一股鲜血。

这段日子里，我一直预感到某种变化即将到来，而就在此时此刻，我意识到了它的降临。我的捕鼹生涯走到了尽头。我几乎不曾亲手夺走过生命，机械总是在夜深人静时替我完成杀戮。当我不在场的时候。我觉得自己是一个伪君子，一个懦夫。我的心情既沉重，又悲伤。我以前从不曾用自己的双手蓄意杀死过任何生物，且不说哺乳动物，但凡比蚊子大的生物我都下不了手。虽然我不知道有什么区别，但我宁可不去思考这个问题。

我站起身来，吐出一声咒骂，然后把他的尸体扔进了树篱，就好像它刚刚冒犯了我似的。我感觉就像刚刚从熟悉的世界走了出来，进入了一个全新的世界，在这里我再也搞不清自己是谁，我不是原来那个捕鼹鼠的人。氧气灌进了我的隧道。

奇怪的是，一种自由的感觉随之而来。我仿佛从迷宫中解脱出来。世界变了个样，就像许多年前我背起背包离家出走时一样。突然之间，我竟对刚刚死在我手上的那只鼹鼠生出了感激之情。我内心充满了困惑，但当我从那里离开的时候，我向那只死去的鼹鼠道了声"谢谢"，并开始思索刚才我身上发生了什么。一旦你抓住了你追寻的东西，事情就结束了。也许有的时候，我们最好只追逐猎物而不将其捕获。

天色暗了下来，我却感到如释重负，仿佛我一直在等待这个时刻，我思索着当初我开始抓鼹鼠的契机，我如何费力为杀戮的正当性辩护，然后我回想起我一度考虑过自己能不能胜任这份工作，它是否有助于我了解自己是一个怎样的人。

我依然不了解自己是个怎样的人。我觉得这已经不重要了。不存在什么非黑即白的事，存在的只有经验。也许一切答案都只是借口，到头来我们只是选择相信我们愿意相信的事罢了。

白昼将尽。农夫把拖拉机停在田地的尽头，沿着篱笆向我走来。他模糊的身影逐渐显现出农夫的形象，成了我世界里的一个拄着羊角拐杖、完整而丰满的人物，与此同时，我也进入了他的世界。我看着他：他的步伐、他弓着的背、他的衣着、他飞扬的白发、他的年龄，他必定也在我身上看到了相应的特征。我们各自不同的世界发生了交集，我开始意识到自己不过是一介凡人：头上没有角，也不在迷宫之中，只是一个满身泥渍的人；我意识到自己的身高和体型、胡子和秃头，还有衣服和手上的污泥。

我们还没来得及对上目光，就已经发生了交流，各自下意识地从外表和走路姿势评判对方的社会阶层、收入和生活方式，将对方归类，并推断对方的政治观、哲学观和信仰。然后他伸出一只手和我握手，面露微笑，说了起来，我们开口，用各自不同的口音讲着各自的话语，画面差不多完整了，剩下的都是无关紧要的细节。

这是许多天来我见到的第一个人，我们谈论着气候变化，谈论十二月盛开的玫瑰花，谈到冬天不再像冬天，还有我不穿外套会不会冷。他倚在大门上，向我讲述昔日的生活。他曾和一帮伙伴用手给一群牛挤奶。可如今他的村庄白天陷入了一片寂静：宝马和路虎汽车全都停在城里，农场现在成了人们的花园。唯独他的农场还在耕种。他家的烟囱里住满了蜜蜂。尽管嘴里不说，但他其实很孤独。他想知道"脸书"（Facebook）是什么——当他问起时，他的孙子孙女只是一笑置之。我告诉他那都是些没有用的东西。

我给他看了鼹鼠尸体，收了他十三只的钱。我没把我抓到的那只活的算进去：那一只算我的，只能算在我头上。他数出了现金。我们握了握对方粗糙的手，然后分道扬镳。只见身披粗花呢外套的他背过身去，弯着腰，蹒跚地爬上来时的山坡，向他的拖拉机走去，这时我的心头顿时涌上一股爱的暖流。我把发青的尸体扔进树篱，乌鸦会吃掉它们。我喜欢乌鸦。

我们两人的世界发生了碰撞，分享了彼此的一丁点片段，然后渐行渐远，继续自己的人生之业，将彼此遗忘，余生大部分时间都不再想起。也许感受到了一丝温暖。我的孤独世界被打破了，这下更难在其中安身，但有一只知更鸟飞来，就在距我一臂之遥的地方向我唱起了歌。无论何时都有一只知更鸟，或者一只乌鸫。夕阳西下，提醒我白天的工作何其短暂，然而夜很漫长，佩姬会在家里。变天了。雨快要落下。乌云密布。

我握住口袋里的陶瓷碎片，用拇指按它的尖端。它钻进肉里，刺了我一下。传来一种愉悦感，与其说是疼痛，不如说是不适。这块来自地下的历史碎片扎进我的手掌，它是别人的记忆，不是我的。当它不再扎我时，感觉很好，我把它扔进了树篱，我与它缘分已了。我受够了破坏。我受够了历史。我再也不会在土里挖东西了。

水流从谷仓、羊群和一片甘蓝地旁的石头上颠簸流过，雨终于落了下来。山坡下的小镇亮起灯火，冬天短暂的白日化为黑夜，随着日光的消逝，我变身成另一头野兽，以另一种不同的猎物为食。蝙蝠一晃而过，在我冰凉的苍老头颅周围捕食其他的飞行物，我脑子里想着一顿热气腾腾的饭菜，一杯威士忌，想着佩姬还有我们的床。

我望了一会儿小镇点亮的灯火，感受着对这种生活的热爱，以及与之相连并与之矛盾的悲伤，然后在暮色中走向停在路边的小货车，把沾满泥的工具和一袋子捕鼠夹扔进后备厢，冒着开始降下的雷雨离开这里，沿窄巷穿过一个个冠有纯正威尔士名字的村庄。在一天的尽头驶进阴影。回家依偎[1]着我的瓢虫夫人，告诉她我不再是捕鼹人了。

---

1 Cwtch 是一个古老的威尔士语单词，意思为依偎、安慰或拥抱。古英语单词"cotch"（意为"放松"）由它衍生而来。——原注

我割掉了我刺伤她的犄角

把残存的部分磨成镜面

让她能看到自己美丽的容颜

我又一次从记忆的虚构中远走

与过去的忧伤往事诀别

踏入简单真实的湿润田野

黄昏时分，站在大自然面前

远在田野和树篱的边界之外

有一座山、一朵云、一束微光

有一瞬间，我感觉

我别无所求

羊群斜倚在古老的堡垒山上

满身油彩的凯尔特人曾经来来往往

群鸦在盘旋而牛群在咀嚼、观望

我或许已进入在这地球的最后十年

无法逃脱地走向终点

我无所畏惧地听从召唤

幸福地准备回归故乡

真理隐藏于微物之中

一只甲虫从我静止的手上走过而我坐在

一棵树的残桩上而此时距我看着它倒下

已过去整整三年

如今它成了褐色并快要彻底腐烂成碎土

真理猛然从这颗种子里

迸裂并发出尖叫

起了皱打了霜且和我家佩姬的头发颜色一样的树叶

为轻风鼓掌

天空泛着暴风雨来临前的黄光而我欢迎它的降临

是时候轮到我观望与等待并享受等待的乐趣

当风暴过去时它总是显得太快过去

陷阱里冰冷的蓝鼹鼠可以等待

沙沙作响的干枯穗茎可以等待

依然鲜绿的草地可以等待

荆棘和山毛榉树篱和苹果树可以等待

我要回家去了。

未来

近年来，捕鼹人重现江湖。我上网一搜就能搜到一大堆，前些年在网上还很少能看到他们。我们之中有一部分人出自当今世界上屈指可数的几位传统捕鼹人门下，其他人则接受了培训课程。最近一份报告显示，全英国大约有三百名注册在案的捕鼹人，不同的注册机构之间在会员资格、立法和培训等方面形成了持续的竞争关系，靠着这些独来独往的流浪者谋生，并且迫使他们融入一个规范化的现代世界。我也曾是其中几个机构的成员，但没过多久就退出了，无论在什么群体里我都待不长。

捕鼹人的回归缘于马钱子碱的禁用，而荒废的农田、现代农业生产方式和市郊绿地的建设则意味着鼹鼠会出现在以前不曾出现过的地方：高速公路边缘的草地、市郊的花园、学校操场和过去只是一片田野的运动场周围。

黄色的挖掘机和推土机已经开进了我以前的一些鼹鼠猎场，鼹鼠们迁了出去，直到一切归于平静。然后他们会重回故地，而买了新房屋的人会发现他们的草坪"喷发"了，他们将不得不与从前就占据着这片土地的各种野外生命毗邻而居。鼹鼠喜欢养护得当的草坪中大量繁殖的蠕虫，捕鼹人将继续活跃在这个舞台上，直到人们学会接纳自家后门外那一点点大自然的野生气息。

一座赏心悦目的花园是没有生命力的无菌空间。只有不断投放化学药剂，才能让草坪常年保持青翠无瑕的状态。没有洒过农药的草坪自然而然会聚集种类繁多的鸟类、蠕虫、本土野生植物、大蚊幼虫、甲虫和无脊椎动物。有些人不希望自己的花园里有活的生命体存在，于是在草地上喷洒杀虫剂，这样一来，蚯蚓粪便、鼹鼠都会绝迹，也不再有鸟儿来啄草，接着他们再喷一遍专治大蚊幼虫的农药，于是便不会有喜鹊、松鸦或乌鸦刨开草地寻觅它们，到了夏天也不会出现大蚊成虫了；到了春天，他们在草地上喷洒抑制青草生长的农药，这样就不用经常刈草，另外再洒上杀死苔藓和杂草的农药，让青草更青。甚至有人连刈草都嫌多余，于是他们花钱把草皮剥掉，换上塑料草皮，在炎夏的阳光炙烤下，你能闻到它们散发出的塑料气味，并且它们将万古长存，直到世界末日。

有一段时间，我是我所在的地区唯一一个注册捕鼹人。今年我退出了这一行，却还是不时接到老客户和陌生人的电话，找我去给他们抓鼹鼠。我读到过，英国的鼹鼠数量可能在三千万到四千万之间，而且还在不断上升，因为种庄稼的农民没有捕鼹鼠的需求了。当园丁们打电话来恳求我去为他们铲除鼹鼠时，我告诉他们我已经退休了。如果他们问我该怎么对付鼹鼠，我会叫他们去学习自己动手，或者改种一个鲜花草甸，到时候我会很乐意去现场提供指导。有偿指导。

没有必要致鼹鼠于死地。在德国和奥地利，欧洲鼹鼠是受保护的物种之一：那里的园丁容许他们存在。

我在捕鼹鼠这条路上没有前途可言了，尽管我曾热爱着它赐予我的生活——一种渺小的生活，没什么了不起的——可那是我亲手创造的生活。我不是什么大师级工匠，但就像日本陶艺家一样，我也雕琢那些不成形、无价值、无用处的事物，用金子填补它们的裂缝。我不了解生活的本质，却明白它的用途。捕翼生活将我进一步引向自身存在的本质及其意义。通过这样的生活，我才开始将野外世界视作珍爱的家园，而非被迫进入的流放地。我感到自己与驱动我的空气，还有滋养我的土壤、阳光和雨水一脉相连。它赋予了我一副健壮的身体和一颗平和的心。时至今日，与土地的联系已融入我身体的每一个细胞，但我需要停下来休息了。这样的生活有时候与世隔绝，而我一直游离于人群之外，更丧失了自己本就贫乏的沟通技巧。尽管不善与人交往，我依然渴望人类的陪伴。我累了。也许再过十年，我就会衰老到再也无法在派对上同别人一道跳舞。我想加入派对，所以过去的生活到此为止，我将开启另一种生活。

　　我已厌倦了寻找隐秘的事物，真正重要的东西全都在眼前，摆在台面上，触手可及。我可以握在手心、带在身边的碎片。就让隐秘之物留在隐蔽处吧，因为它们蕴含的真理亦是隐秘的，晦涩不明，深不可测，不具有任何日常生活的价值。

行驶在卷曲的蕨叶簇拥的窄道上

穿过不再使用英式名字的威尔士村庄

漆黑的天空

大滴的冻雨拍打着挡风玻璃

我在响雷追逐下沿着印在山坡上的

这条湿漉漉的黑色柏油窄道

一路驰骋

冒着雷雨奔向有佩姬的家

雷声噼噼啪啪

在倾盆暴雨中歌唱

山脚的小镇

开始泼洒有毒的光

点亮了夜幕而我放慢速度

在雨雾中稍事休息

对这个浑身冰冷的独行猎人来说

一座点燃柴火的宁静小屋

和佩姬围在炉火边小酌

将为这圆满的一天画上句点

这只遍布刺青和伤痕的毛茸茸硬邦邦的手

今天还剩下最后一件事要做

就是抚摸她满是绒毛与沟壑的柔软颈后

蜷在厚厚的棉被里

与比人数还多的木虱一起

在我们填了棉花的柔软的巢

我一声不响

窗帘和窗户都开着

于是我们能听见猫头鹰和狐狸在夜里呼号

然后被

镶着一道道红光的清冷黎明唤醒。

尾声

又一个清晨。破晓，气流撞击着窗户，一团三英寸厚、颜色饱满的灰色尘雾蒙在地平线上，混乱的汽车喇叭隔着水流如注的沟道互相鸣叫。我手捧一杯热巧克力，杯中升起的热气在玻璃上凝结成一层水汽，我把脸贴在窗户上。猫咪蹭着我的脚踝，喵喵叫着寻求关注。我看着在雨中移动的朦胧亮点，思考着有没有可能出门。要不然我就待在这里看风景吧。我可以一连看上几个小时，看上几天。还有一个月就到冬至了，一年中白日最短的一天。也许我该吃点东西了，我寻思着要如何打发这一整天。也许我会去田野间走走。

很久以后。

此时的天气很冷，我一整天都在看雨，看着看着，一天就过去了。夜幕降临。窗外的景色逐渐隐没于夜色之中，就在片刻前我还能看到树木，现在看到的却是玻璃窗上倒映的几样东西，散放在她刚才坐过的旧沙发上：一条毯子、一台笔记本电脑、一些垃圾邮件，地上有一个冰冷的咖啡杯，还有我自己。我已放弃了照亮黑暗的努力。我们只是过客，来了又去。佩姬已经上床睡觉了，我还待在接管世界的暗夜中喝着威士忌听雨。黑暗中，玻璃窗上的雨滴闪烁着一盏路灯发出的微光。火花四溅。佩姬一边深呼吸一边等待。我可以听到放哨的乌鸦在窗外的松树上鸣啭。每天晚上，就在日光消逝的时候，它都会在那里唱歌，到了清晨，在光芒回归大地以前，它又会回到那儿，继续歌唱。

　　我看着窗外，无法从椅子上起身离开，不忍离开窗前，离开夜空。我一整天都无所事事，只是凝望着白茫茫的天空。等待下雪，想象赤脚走在雪地里的感觉。我迷迷糊糊地睡去。午夜时分，我在一阵狂风骤雨中醒了过来，噼噼啪啪，是静电？我没关收音机？微弱的笑声？遥远的呼救声？杂音消失了，我上床睡觉去了。

鸡蛋似的沉甸甸的地球再次旋转到光亮之中，在这颗星球表面，钟声开始遍地敲响，宣告白昼前进的浪潮将至。而在这里，在我的小床上，我亦穿越黑暗，从缓慢的夜航中醒来。随着人影、树影和房屋的阴影如同睫毛般刷过地球，一天开始了，光芒照了进来。是由宇宙诞生之初的大爆炸尘埃构成的。我有了意识。睁开眼睛。清晨。

　　日子一天天过去，除了天气、温度和昼夜长短，每天都没有什么变化。夜渐短。雪花莲盛开了，接着是番红花，接着是大片大片簇拥在一起的水仙花，然后春天来了，我又找到了新的事情可做。突然间，生命显而易见地缩短，我们却有了更多时间。我可以让事情顺其自然发展，而不是按照自己的意愿去强扭它们。

我们在缠绵的巢里醒来

腿和胳膊

头发和胡须互相缠绕，我的瓢虫夫人

我们醒来的时光宝贵

因为我们开始远远看到

光明尽头的隧道

我的手指划过你的椎骨

之间的一个个空隙

然后握住你圆圆的脚

孩童般的脚

你紧紧抱住我

我是一棵被常春藤缠绕的大树

"我爱你。"你说

你静静地躺着

我的手在你的腿上放着

两人睁着眼睛呼吸，聆听

窗户开着，百叶窗合着

听屋顶上的鸽子

和楼下广场上的集市开市的声音。

我就这样度过了捕鼹人生涯最后的时光。我收起了

所有的捕鼠夹，装进袋子里，放进了棚屋，它们会一直待在那里。我将把剩下的时间更多地用于观看，仅止于观看。

正是千千万万这样渺小的事物维持着世界的运转。工匠、商人、开着白色面包车的送货员和维修工；工厂里的纺织工编织了我的针织衫，用羊毛纺出花呢，用花呢做出了我的裤子；还有农民，作为个体存在的这些男男女女不仅是我们的衣食父母，还出于对田园风光的热爱守护着土地。我们一步一个脚印才走到了这里。一件件小事，一次次小小的互动，合起来就是旅程。

世间没有十全十美的事，事物甚至永远抵达不了完成态。我已开始怀着悲悯之情看待自身无法逃离的熵增[1]命运。熵无处不在，与万物共存。

来去如此匆匆

---

1 熵（entropy）是热力学中的一个量度，衡量系统中不可转化为机械功的能量，用以表示系统无序的程度。熵增定律指在一个孤立系统中，如果没有外力做功，混乱的能量（熵）会导致混乱程度不断增大。也就是说，自然系统倾向于变得更加混乱和无序。

这些美满的瞬间

瞧！又来了一个！

愿我的人生

是翩翩飞舞的金黄树叶

没什么要紧的

瞧！树上有只乌鸦在吃浆果！

看旭日升起

生活继续前进。然后停止

一定要试着看一看！

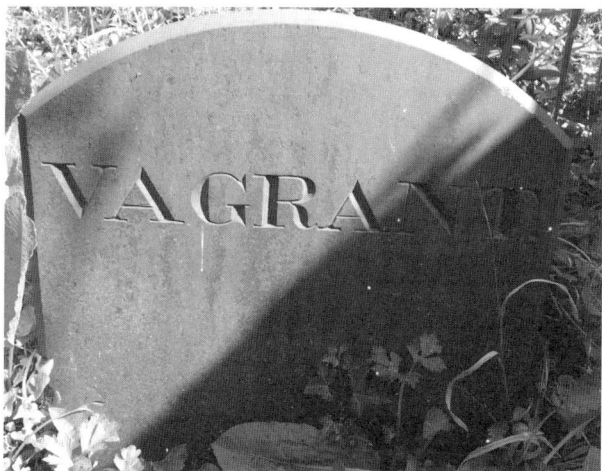

© Marc Hamer

照片摄于西威尔士南特奥斯公馆的宠物墓地。[1]

我不再躲藏。

1　墓碑上的英文意为"流浪者"。

致 谢

我迫不及待要感谢我的经纪人，大妙人罗伯特·卡斯基，罗伯特完全理解我对这本书的构想，并很快看出了它的潜力。他帮助我把一个想法扩展成其他人可能有兴趣阅读的东西，然后和他的合作经纪人及书探在全世界寻找到了几位了不起的编辑，他们同样给予了积极的回应，尤其是来自哈维尔·塞克出版社、感受力强到不可思议的伊丽莎白·福利，她不仅鼓励我，帮助我把这本书塑造成了你现在捧在手里的样子，还让我参与了图书的设计和插画师的选择，对此我深表感谢。我同样要感谢哈维尔·塞克出版社才华横溢的设计编辑苏珊娜·迪恩确定了本书的外观和形态，当然还要感谢为本书绘制了美丽插图的乔·麦克拉伦。感谢杰玛·奥塞和米凯拉·佩德洛的帮助，也感谢许许多多来自经纪公司和出版社的我不知道名字的人，他们阅读了这部作品，并为其外观和内容的呈现贡献了一份力量，我对他们不胜感激。

我必须向奥斯卡致以特别的感谢，感谢他容忍我坐在他的餐桌边写这本书；也感谢艾丽卡让我待在她的乡间小屋里，远离一切纷扰，伴着不停抽打着墙壁的风，烧着她的柴火，完成了初稿。还有一群可爱的人，其中的一些明知我在他们的花园里干着按小时计酬的工作时，开小差为这本书记笔记或写诗，抑或是诗意地望着蜘蛛网或落叶堆出神，却选择了睁一只眼闭一只眼，什么也没有说，另一些则因为我要给书收尾而被我背信弃义地放了鸽子。让和萨尔、里斯和休、玛丽亚、彼得和温迪、伊莎贝拉、朱迪、德娜、戴维和利兹——谢谢你们。